谷崎潤一郎

谷崎润一郎

痴人之爱

谭晶华 译

上海译文出版社

一

我将尽量直率详细、实打实地把我们夫妇之间世上尚无先例的关系表述出来，这既是我自己的难忘的珍贵记录，同时对读者诸君而言，一定也有某种参考价值。特别是在当下，时势已大有变化，日本渐渐走向国际化，国人与洋人的交往日益频繁，各种主义和思想蜂拥而入，男人自不消说，连女人也变得相当时髦。我觉得像我们这种极为罕见的夫妻关系，不久也会在各处产生的吧。

回想起来，我们夫妻自从结婚起就与众不同。我首次见到妻子正好在八年之前，已记不清具体是何月何日，反正当时她在浅草雷门附近的一家叫作“钻石”的咖啡馆当女招待，虚岁刚到十五。因此我认识她的时候她刚开始在咖啡馆打工，完全是个新手，并非正式的女招待——其实就是个见习侍者吧。

我那时已经二十八岁，怎么会看上这个小姑娘的，自己也说不清，大概是她的名字吸引了我。大伙儿都管她叫“阿直”，有一次我打听后，才知道她的真名叫“奈绪美”，令我颇为好奇。这名字太好，用罗马字写成“NAOMI”，就像是个西方人的名字，以此为开端，我逐渐开始注意她。不可思议的是不光名字时髦，脸蛋看上去也有点像洋人，她相当聪明乖巧，以至于产生了她在这种地方当女招待实在是有点可惜的想法。

事实上，娜噢宓（特此说明：下面我将用日语片假名按音读拼写她的名字，要不然总觉得会缺少洋味）的长相与电影女演员玛丽·璧克馥有点相似，的确像西方人。这倒不是因为我的偏心眼，现在她成了我的妻子依然有许多人这么说，肯定是事实无疑。而且不仅是面容，脱光衣服后的体态更显洋气，这当然是以后我才明白的，当时并不知晓，只是隐隐约约地可以从她那合身的穿着及优美的身材想象到她的颀长秀丽的四肢。

若不是她的亲生父母和姊妹，那是很难了解一个十五六岁少女的内心的，所以如果要问她在咖啡馆工作时候的性情如何，我无法确切地回答。即使娜噢宓自己，那时恐怕什么事也都是稀里糊涂对付的。不过凭我直观的感觉，看上去她显得阴郁、寡言，脸色也有点儿泛青，恰似几块重叠的无色透明的玻璃板那种深沉黯淡，不甚健康。那是因为她刚来打工，还未像其他女招待那样涂脂抹粉，与客人与朋辈也不熟悉，总是默默地在角落里努力干活的缘故，此外她给人聪明乖巧的印象也是这样产生的。

在此我有必要介绍一下自己的经历。当时，我供职于某电器公司任工程师，月薪一百五十圆。老家在栃木县的宇都宫市郊，在当地的初中毕业后来到东京，进入藏前高等工业学校学习，毕业后不久就当上了工程师，除了礼拜天，每天都往返于芝口的寄宿处与大井町的公司之间上下班。

拿着一百五十圆的月薪，独自租屋居住，我的生活相当优裕。而且我虽是家中长子，却没有向老家母亲和弟妹寄钱的义务，因为我家经营的农业规模很大，父亲已离世，年迈的母亲和忠厚的叔叔婶婶摆平了所有家事，我完全过着自由自在的日子。然而，我没有不良嗜好，是工薪阶层的模范——质朴、认真，平庸得几近痴骏，毫无怨言、孜孜不倦地工作——这就是我大致的状况。说到“河合让治君”，公司里的评价是“正人君子”。

说起我的娱乐活动，通常是傍晚去看看电影，去银座大街上散散步，偶尔下个狠心花钱去帝国剧场看一场戏，如此而已。我还是个未婚青年，理所当然的，很想与年轻女性接触。不过，我原本就是乡下长大的粗人，不擅与人交往，所以迄今为止没有一次与异性交往的经历，为此才被人当作“正人君子”看待的吧。但是，虽然外表看是个君子，内心却并不安分，无论是在大街上走路还是早晨乘坐电车时，我对女人都极为注意。恰巧在这一时刻，娜噢宓偶然出现在我的眼前。

当然，我绝没有断定当时的娜噢宓就是一个绝代佳人，不言而喻，电车里、帝国剧场、银座大街上擦肩而过的小姐中比她漂亮的比比皆是。娜噢宓是否标致，那是今后的事，一个才十五岁上下的小姑娘，我对她的未来既有期冀，也有担忧，所以我最初的计划是想先收留她，照顾她的生活，有发展前景的话，再好好让她接受教育，娶她为妻亦无妨——这就是我当时大致的想法。一方面是出于对她的同情，另一方面也希冀为自己过于平庸、单调的日常生活多少带来一点变化。说实话，我已经厌倦了长年租屋寄居的生活，想着为这种煞风景的生活增加一点色彩和温情。哪怕再小，最好有一个自己的家，雇上一个女佣，让她装饰房间、种花栽草，在光线充沛的阳台上挂个鸟笼，做饭烧菜，打扫卫生。如果娜噢宓来到我家，既可以做女佣，还可以充当我依人小鸟的角色。

既然如此，那为何不娶个好妻子正式成家呢？

——说起来，我尚未持有结婚成家的勇气。谈到这一点还必须细细说来。我是个富有常识的人，对于离奇古怪的事情，既讨厌也不参与，但是对于结婚的见解却显得积极而时兴。谈起“结婚”，世人均有拘泥形式、大操大办之倾向。首先是要有人牵线搭桥，打探双方的意愿，接着就是相亲，若双方对眼，再正式请来媒人，交换订婚礼品，五挑、七挑、十三挑，将新娘的嫁妆搬到夫家，下一步就是出嫁轿送、新婚旅行、回门娘家……履行相当繁复的程序。我很讨厌诸如此类的繁文缛节，觉得结婚就得用更简单和自由的形式。

那时候，要是我想结婚，候选者必定不少。我虽是个乡巴佬，但身体强健、品行端正，自己如此说有点不好意思，我的仪表也算过得去，社会信誉亦佳，谁都愿意帮我张罗婚事。不过我很讨厌被人帮忙，真是无可奈何。再怎么漂亮的美人，仅靠一两次相亲，不可能了解对方的性格和心绪，只凭着“嗐，看样子还凑合”或者“长得还不赖”的一时的心境，就要决定一生的伴侣，那种傻事我可不干。还不如把娜噢宓那样的少女收留下来，看着她慢慢地成长，中意的话就娶其为妻，此乃最佳办法。我没有要娶富家小姐或富有学识教养的大家闺秀的奢望，能有娜噢宓这样的姑娘就心满意足了。

除此之外，自己以一位少女为友，朝夕相处，目睹她的成长发育，心情开朗舒畅、玩耍似的住在同一屋檐之下，会产生一种不同于正式成家的独特情趣，也就是说，我与娜噢宓玩的是一种另类的过家家游戏，过的是简朴闲适的生活，而没有“有家”的装模作样的繁杂意味——这就是我的愿望。事实上，如今日本的“家庭”，又是橱柜，又是长火盆、棉褥垫，那都是些必不可少的东西，丈夫、妻子、女佣的分工一清二楚，与近邻和家属的交往规矩甚多，为此不仅要增加开支，还会把简单的事情弄得复杂、死板，对年轻的工薪阶层而言绝不是一种愉快美好的生活。因此，我以为自己的计划还的确是一种创意。

我是在认识娜噢宓两个月左右向她提出这一打算的，那段时间，我只要有空就往钻石咖啡馆跑，尽量创造与她亲近的机会。娜噢宓很喜欢看电影，公休日我陪她去公园电影院，看完电影，顺路到小西餐馆、荞麦面店吃点东西。寡言的她那时候很少说话，不管是高兴还是无聊，基本上都一言不发，然而，每当我发出邀请时她从不拒绝，总是爽气地回应说“好的，可以去”，不管到哪儿都跟着我。

不知道她在心里把我看成什么人，怀着怎样的想法跟随着我。她还只是个孩子，不会持怀疑的目光看待“男人”。在我的想象之中，她的心情是极其天真单纯的，因为这个“叔叔”会带自己去看喜爱的电影，不时还请客吃饭，所以就跟着他去玩。当然，当时我也完全是一个孩子的陪伴，一个和气热心的“叔叔”，在神态、举止上完全没有非分的奢望。一想起当时朦胧梦幻般的岁月，我至今还是难以抑制自己的意愿：真想再次回到那宛若童话世界的纯洁无邪的生活中去。

“怎么样，小娜，看得清吗？”

小电影院坐满人没有空座的时候，我和她只好站在后面，这样问她。

“一点儿也看不见。”说着，她拼命踮起脚试图在前面观众的脑袋之间向前张望。

“你这样还是看不到的。坐到这木档上来，抓住我的肩膀看。”说着，我将她托上高高的横木扶手上坐定，她的双脚悬空，一只手扶在我的肩头，这才满意地屏息盯住银幕。

“好看吗?”

“好看。”

她只是这么回答，却不会高兴得拍巴掌，欢欣雀跃。恰似一条聪明的小狗在全神贯注地倾听远处的动静，她睁大聪颖的眼睛默默地盯着银幕的神情告诉我，她非常喜欢看电影。

“小娜，肚子饿了吧?”

“不，现在什么也不想吃。”她有时这么回答，但真饿的时候也会说“我饿了”。而且，当我问她想吃西餐还是荞麦面条时，她会明确回答自己的选择。

二

“小娜，你的长相和玛丽·璧克馥很像啊。”

有一次正好看了这位女演员主演的电影，之后在一家西餐馆吃晚餐时我对她说。

“是吗?”她听了并没显出高兴的样子，只是看着我，好像对我突然的提问感到不解。

“你不那样感觉吗?”我又问。

“我不知道是不是像她，不过大家都说我像混血儿。”她平静地答道。

“就是嘛。首先，你的名字就与众不同，娜噢宓，是谁起了这么个洋气的名字?”

“我不知道是谁起的。”

“是爸爸呢，还是妈妈……”

“是谁呢……”

“你爸爸是做什么生意的?”

“爸爸已经不在了。”

“妈妈呢?”

“妈妈还在，不过……”

“有兄弟姐妹吗？”

“有很多，哥哥、姐姐、妹妹……”

之后又多次谈起这个话题，每次问到她的家庭情况，她总会露出不悦的表情，敷衍搪塞。我们一起外出时我通常会提早一天预约，说好在公园的长凳或观音堂前碰头，她从不会搞错时间或爽约。我因有事迟到，担心她会因久等而离去，可赶到后发现她仍然老实地等候在原处，一看到我，她就赶紧起身向我走来。

“对不起，小娜，等了很久吧？”

“是啊，一直等着您。”

她只是如此应道，并没有不满和生气的样子。有时候约定在公园的长凳上相见，可突然下起雨来，我惦念着她将怎么处置，跑去一看，只见她蹲在湖边供奉着何方菩萨的小祠堂屋檐下一心一意地等着我，令人心生十足的怜爱。

那种时刻她总是身穿像是姐姐穿剩的铭仙绸的陈旧衣服，系着薄毛呢子的友禅染色腰带，梳着日本式裂桃式发型，化着淡妆，脚上总是穿一双打有补丁，却很合适美观的白色布袜。我问，你是否只在休息天才梳这样的发型，她只回答说“是家里这样吩咐的”，依然不做详细说明。

“今天夜深了，我送你到家门口吧。”我一再表示。

“没事，已到附近了，我自己能回去。”来到花圃宅第的拐角处，娜噢宓一准打招呼说声“再见”，随后吧嗒吧嗒地跑进千束町的小巷子。

对了，那时的事情没有必要再多啰唆了，有一次我倒是敞开心扉地与她好好聊过。

那是四月末已经回暖的夜晚，春雨霏霏。咖啡馆里顾客稀少，空闲清净。我在桌边坐了很久，自斟自饮。我看上去相当海量，其实酒量很小。为了打发时间，要了女人喝的甜甜的鸡尾酒，一小口一小口地抿。这时，娜噢宓送来了下酒菜。

“小娜，在这儿坐一会儿吧。”我带着几分醉意说。

“好哇。”她顺从地在我身边坐下，我从口袋里掏出敷岛牌香烟，她立刻划着火柴帮我点烟。

“没事吧，在这儿聊上一阵。今天晚上看来不怎么忙。”

“是啊，很少有今天这样的清闲。”

“平日里老那么忙吗？”

“从早忙到晚的，连读书的时间也没有。”

“小娜喜爱读书吗？”

“是的，喜欢。”

“那你爱读什么书呢？”

“看各种各样的杂志，只要能看的，什么都行。”

“真让人佩服。那么想读书，怎么不去上女校呢？”

我故意这么问，然后窥视她的表情。她有点不高兴地板着脸，茫然地盯着某个方向，眼中明显流露出一种悲伤、郁郁不乐的神色。

“小娜，怎么样？你真要学习的话，我可以送你上学。”

她仍然不吭声，我以安慰的口气继续说，“怎么样？小娜，你别沉默，说说你的想法吧。想学什么，想做什么啊？”

“我想学英语。”

“哦，想学英语啊……就学英语吗?”

“还想学音乐。”

“我给你出学费，你去学吧!”

“不过上女校已经太晚了，我十五岁了。”

“说什么呀，与男孩不同，女孩十五岁并不晚。再说只学英语和音乐，也不用上女校，请个老师教就行。你真心要学吗?”

“学是想学的……你真会供我学习吗?”

说着，娜噢宓一下子直愣愣地盯着我的眼睛。

“那当然。可是，要是学习的话，你就不能上这儿打工了，你会在意吗?你辞掉这份工，我就可以带你回家，照顾你的生活……我会对你负责到底，将你培养成一个优秀的女子。”

“好哇，如果能那样的话……”

对她毫不犹豫、斩钉截铁的回答，我多少有点儿惊讶。

“那你会辞掉这份工作咯?”

“是啊，不干了!”

“不过，小娜啊，你这样决定当然可以，你妈和你哥的意见呢?你得听听家里人的想法吧。”

“家里人的想法不听也行，谁也不会说什么的。”她嘴上这么说，其实心里还是挺在乎家里人意见的。这是她的习惯，不愿让我知道家中的内情，才故意装出这副若无其事的样子。我也并不打算硬要了解，不过为了实现她的愿望，总觉得还是应该到她家找她母亲或兄长好好商议一下。接着，在我俩的谈话之中，我多次提到“请让我见见你家的亲人”，她总是奇怪地显得不悦，一成不变地说：“行啦，您不必去了，我自己会说的。”

如今娜噢宓已经成了我的妻子，为了这位“河合夫人”的名誉，此刻我完全没有必要不惜冒着招致她不快的风险，而细说当时她的身世和秉性，倒是要尽量设法加以回避。那时候我想，这些情况将来自然会明白的，即使做不到，从她家住在千束町、十五岁便在咖啡馆当女招待、绝不愿把自己的住址告知他人这些现象看，任何人都能大致想象到她的家庭状况。不过，事情没有到此为止，最终我还是说服她，见了她的妈妈和哥哥。他们几乎都对自己的女儿、妹妹的贞操问题全不关切。我对他们说：“难得这姑娘热爱学习，要是让她长期在那种地方做工实在有点可惜。如果你们不介意，请把她交给我照料，虽然我帮不上什么大忙，不过我想雇一位女佣，帮忙买菜做饭及清洁房间，同时让她接受教育。”当然我也如实告诉他们我还是独身的境况。他们听后并不显得怎么兴奋地说：“要是您能那样做，那真是她的福分啊……”诚如娜噢宓所说，家里人的想法不听也罢。

当时我深切地感受到，世上居然有如此不负责任的母亲和兄长，同时也更加怜悯和同情娜噢宓。按照她母亲的说法，家人对娜噢宓感到难于处置。“其实我们是想让这孩子去当艺伎的，但她本人不愿意，又不能老让她闲下去，别无他法，只能让她去咖啡馆打工。”这番话的意思是，只要有人肯收留她并抚育成人，我们也就可以放心了。嗬，原来如此。听了她母亲的说明，我终于解开了以往的谜团：由于她不愿待在家里，所以公休日总是跟我去看电影、外出游玩。

然而，娜噢宓家的态度，对她和我都是一件幸事。一旦谈妥，她立即辞去了咖啡馆的工作，每天跟着我一起到处寻找合适的出租房。我供职的单位在大井町，想尽量选择就近的便利之处。星期天一大早我们在新桥站会合，工作日她就在大井町等我下班，去蒲田、大森、品川、目黑等郊外或市内的高轮、田町、三田一带转悠寻觅，回去时找个地方一起吃过晚饭，有时间会再去看场电影，有时在银座散步，然后她回千束町的家中，我回芝口的出租屋。那时候可供出租的房子很稀缺，难以找到合适的住房，我们就这样过了半月有余。

那时候若是在风和日丽的五月的礼拜天早晨，一位公司职员模样的男子与梳着裂桃式发髻、衣着寒碜的小姑娘并肩在大森一带蓊郁绿荫的郊外马路上漫步，男子叫姑娘“小娜”，姑娘叫男子“河合先生”，看上去既非主仆、兄妹关系，亦非朋友、夫妇关系，互相之间客气拘谨地交谈，打听住户门牌号，观赏附近的景致，不时回首顾盼路边的宅第、树墙、庭院及路边盛开的馨香的鲜花。倘若有人注意到他俩，又会作何感想呢？他一定会对在晚春漫长的一整天中，幸福地各处转悠的这一对男女感到不可思议吧。

提起鲜花，我就会想到娜噢宓对西洋花卉钟爱有加，知道许许多多种我不曾听说的鲜花名称——而且那些都是些不好记的英文名称。她说在咖啡馆工作期间老是摆弄照看花瓶，因而自然而然地记住了。散步经过建有暖房的人家，她看到后会立刻站定，喜悦地叫出声来：“嗬，多么美丽的花儿！”

“小娜最喜爱什么花？”我问。

“最爱郁金香。”

由于在浅草千束町那种杂乱无章的陋巷中长大，娜噢宓反而对广阔的田园情有独钟，这才养成了热爱鲜花的习惯吧。紫花地丁、蒲公英、紫云英、樱草……只要在地头田间看到这些野花，就会匆匆忙忙地跑过去采摘，一天走下来，她手上满是采摘的花朵，扎成好几束，小心翼翼地保存到回程。

“你那些花都蔫了，不如扔了吧。”

可是她并不同意，“没关系，给点水就会复原的，放在河合先生的桌子上一定好看”，分别时总会把花束亲手交给我。

虽经多方寻找，却始终没能找到理想的房子，最终我们租下了国营省线电车附近一处相当蹩脚的洋房，距离大森站有两三里地。所谓的“文化住宅”的说法——当时尚未流行，仅用这种当今的语汇来形容或许正合适。它的红色石棉瓦的屋顶又高又陡，占到整幢房子高度的一半以上，四面白色的外墙包裹着，活像一个火柴盒，上面抠出一扇扇长方形的窗户。正面的门廊前与其说是庭院，毋宁说是空地，其模样好像不是为了居住，而是更适用于作画。事实也正是如此，据说这房子是一个画家所建，他与一位做模特的妻子曾住在这里。这房子的设计很不合理，并不方便居住。底楼只有一间大而空荡的画室、小小的玄关和一间厨房；二楼有一间三铺席和一间四铺席半的房间，活像阁楼上储藏室一般的屋子，狭小、派不上什么用场。画室里有通往楼上阁楼的阶梯，上面是安有扶手的走廊，恰似剧场的楼座，可以俯视整个画室。

娜噢宓初次看到这房子的“光景”时，极为中意，嚷道：“太洋气了！我喜欢这种房子。”

见她如此喜爱，我当即同意租下这幢房子。

我觉得，娜噢宓准是出于她孩童般的心态，对这幢童话插图风格、与众不同、风格奇特的洋房充满好奇，尽管它的布局并不实用。的确，这房子对于尽量摆脱家庭羁绊、以游玩心情悠然自得生活的少男少女而言是个最最合适的住处，之前的画家和他当模特的妻子也是怀着这样的心情在此同居的吧。不过，若只是两人居住，有画室一间就已足够应付起居生活了。

三

大约是五月下旬，我携娜噢宓搬进了这幢“童话之家”，居住后发现并不像想象的那么不方便，阳光充足的阁楼上可以远眺大海，朝南的空地适合建造一个花坛，美中不足的是不时有电车打近处通过，不过，好在中间还有稻田相隔，倒也不那么吵人。总体上说，这房子还是相当不错的，不仅如此，由于它并不适合一般人家居住，所以房租特别便宜。那时的物价比较低廉，这房子不需押金，每月只要二十圆，这也是特别令我满意的地方。

搬家那一天，我对娜噢宓说：“小娜呀，今后你不要再叫我‘河合先生’，就叫‘让治’。我们就像好朋友一样在这儿生活吧。”

当然，我也告知老家亲人说，自己已搬离现在的出租屋，另租了住房，还雇了一位十五岁的少女做女佣，但没说和她“像朋友一样”地共同生活。我的想法是，老家的亲人很少会来造访，真有必要告诉他们真相时再说也不迟。

我们忙着为这幢新奇的新居购买各种合适的家具，将其安放、布置妥当，过了一段忙碌而快乐的日子。为了尽量启发她的情趣，哪怕只买一点小东西，我也从不独自做主，尽可能让她说出想法，采纳她的意见。本来这儿就无法安放橱柜和长火钵之类的传统家具，所以，我们的选择相当自由，完全可按照自己的意愿来随心任意地布置安排。我们找来廉价的印度印花布，由娜噢宓笨手笨脚地缝制了一块窗帘，又从芝口的西式家具店淘来了旧藤椅、沙发、安乐椅、饭桌等家具，摆放在画室里，墙上挂了两三张玛丽·璧克馥等美国女影星的照片。寝具也想尽量用西式的，但是考虑到买两张床得花不少钱，而卧具有可让老家寄送的便利，所以最终还是放弃了购买西式寝具的打算。

可是，老家为娜噢宓送来的卧具是供女佣使用的，藤蔓式花纹，又薄又硬，令我过意不去。

“这可不行，用我的被子和你换一床吧。”

“不用换，我有这就足够了。”

她拉起那床被子盖上，孤零零地躺在阁楼上三铺席的房间里。

我就睡在她隔壁那间四铺席半的房间里，每天早晨一觉醒来，就躺在各自的被窝里，冲着对方的屋子发声交谈。

“小娜，你醒了吗？”

“哎，醒了。现在几点了？”

“六点半了。早晨我来做饭吧。”

“是吗？昨天早晨是我做的，今天让治来做也好。”

“逃不过了，我来吧。做饭挺麻烦的，不如就吃面包吧。”

“行啊。不过，让治挺狡猾呀。”

就这样，我们想吃饭就用一只小砂锅煮好后，直接端上桌子，也不再盛到饭碗里，就着罐头等小菜吃。要是觉得麻烦，就以面包、黄油和牛奶充数，或者吃些西式点心对付。晚上大都吃荞麦面和乌冬面条，要想改善伙食时，就一起到附近的西餐馆去用餐。

“让治，今天吃牛排吧。”她经常如此提议。

吃完早饭，我去上班，留下娜噢宓一人在家。上午，她在花坛摆弄花花草草，下午给空无一人的家上锁后去学习英语和音乐。她表示应从头开始跟洋人学英语为好，于是隔天去住在目黑的美国老姑娘哈里逊小姐家学习会话和阅读，不足部分由我在家时加以辅导。我是音乐的门外汉，听说有一位两三年前毕业于上野音乐学校的女子在自己家里教授钢琴和声乐，就让她每天去芝伊皿子[①]学习一小时。娜噢宓身穿铭仙绸和服外加藏青色呢子裙裤，脚上穿一双黑色的袜子和可爱的小半筒靴，完全是一副女学生的模样。她觉得自己的理想终得实现，充满了喜悦，每天勤奋地学习。有时我下班偶然在路上遇到娜噢宓，发现怎么也看不出她是以往那个在千束町长大的咖啡馆女招待，发型也不再是裂桃式的发髻，而是用缎带扎起的下垂的辫子。

前面我曾说过自己是以一种“饲养小鸟的心情”收养娜噢宓的，自打她来到我家后，脸色日益健康红润起来，气质也有改观，成了一只真正开朗活泼的小鸟，宽敞空旷的画室成了她的大鸟笼。到五月末，明亮的初夏季节到来，花坛里的鲜花也变得妩媚起来。每天傍晚，我从公司下班，她下课后回到家里，印度印花布窗帘漏出的阳光将画室雪白的墙壁照得如同白昼那样明亮。她换上法兰绒的单衣，光脚穿着拖鞋，在地板上咚咚地打着节拍，唱起学来的歌曲，还会跟我蒙起眼睛玩捉迷藏的游戏。那时候，她会在画室里到处转圈奔跑，一会儿跳过桌子，钻到沙发底下，一会儿掀翻椅子，

---

① 东京地名。今东京都港区三田一带。

甚至跑上阶梯，在阁楼的走道上像老鼠一样窜来窜去。有一次居然把我当作马匹，骑在我背上，满屋子爬来爬去。

“驾、驾，吁——吁！”她让我咬住手巾，把手巾当作缰绳吆喝。

有一次我们俩在疯玩的时候，娜噢宓乐得哈哈大笑，神气活现地在阶梯上奔上跑下，最终一脚踩空，从楼上滚落下来，一下子抽抽搭搭地哭泣起来。

“喂，你怎么啦？……摔伤哪儿了，让我瞧瞧。”

说着，我过去抱起她，她还在抽泣，撩起袖子给我看。或许是滚落时碰到了钉子之类的东西，右胳膊肘下碰破了皮，渗出一点血来。

“什么呀，这么点小伤还哭鼻子！我给你贴上橡皮膏，来。”

我为她贴上药膏，撕开手巾作绷带包扎，这时，娜噢宓的眼中噙满泪水，涕泪俱下，抽噎不止，恰似一个年幼无知的孩子。不走运的是伤口化了脓，过了五六天还不见好，换药时，她没有一次不哭的。

我自己也不知道那时是否已爱上了娜噢宓，对了，现在想来，我心里确实爱上了她，不过，本人的初衷还是更倾向于养育她，享受将她打造成一位出色女性的过程，只要能做到这一点，便可心满意足。这一年夏天，公司给了两周的休假，我照例返乡省亲。娜噢宓则回到浅草的娘家，大森的住处锁门关闭。可回到乡下的两周叫我感到异常单调、寂寞万分，真没想到她不在身边竟然会感到如此的无聊，于是我开始思考，这是否就是爱情的萌芽。随之对母亲随意找了个托词，较预定提早返回了东京。抵达东京时已过了夜晚十点，我唐突地决定从上野站打出租车直奔娜噢宓家。

“小娜，我回来了，让汽车在那等着呢，现在立刻去大森吧。”

“好呀，马上就走。”

她让我等在门外，不一会儿，拎着一个小包袱跑了出来。那天晚上特别闷热，娜噢宓飘飘然地穿一件淡紫色葡萄花纹的平纹薄纱单衣，用浅粉红色的时髦宽幅缎带扎住头发。那薄纱衣料是前一阵盂兰盆节时我给她买的，在我回乡期间，她在娘家自己找人缝制的。

“小娜，你每天都干些什么？”

汽车朝热闹的广小路方向驶去，我与她并排而坐，略略地凑近她问道。

“每天去看电影。”

“那也就没什么寂寞的咯？”

“不觉得什么寂寞，不过……”说着，她稍加思忖，“让治，你提早回来了呢。”

“在乡下待着无聊，所以比预定时间提早回来了。还是东京好哪！”

说着，我长叹一声，怀着难以言喻的亲切感凝望着车窗外大都会华灯熠熠生辉的夜景。

“可是我觉得夏天乡下也不错啊。”

“乡下也不能一概而论，我的老家是杂草丛生的农家，附近也没有什么好的风光和名胜古迹，大白天蚊蝇肆虐，热得叫人受不了。”

“喔，是那样啊？”

“就是嘛。”

“我想去洗海水浴。”

娜噢宓冷不防说道，语调就像撒娇的小孩那么可爱。

“我这就找时间带你去个凉快的地方，去镰仓呢还是箱根?”

“大海要比温泉好……好想去呀。”

光听她天真无邪的声音，和过去并无任何区别，然而，就在这没见面的十天时间里，她的身体一下子长大了，令我不由偷偷地窥视起她薄纱单衣下丰满、圆润的肩膀和乳房来。

“这件衣服挺合身的，请谁做的?”过了一会儿，我开口问道。

“妈妈给我做的。”

“家里人如何评价? 没说我布料挑得好吗?”

“说了，他们说料子不错，只是花纹太花哨了。”

“是你妈说的吗?”

“是呀……不过他们什么也不懂。”说着，她的目光凝视着远处，“大家都说我完全变了个人。”

“变得怎样了?”

“大概是变得洋气了。”

“说得对，我看也是。”

“是嘛。他们还要我去做日本发髻，我不愿意。”

“那你扎的缎带呢?”

“这个吗? 这是我自己去商店买的，好看吗?”

说着，她扭过头，向我展示扎在她没有光泽的干燥的头发上的淡红色缎带，缎带在风中翩然飘舞。

“嗯，很般配。或许要比日本发髻好得多呢!”

“是啊。”她仰起狮子鼻尖得意地笑了起来。说起来，翘起鼻子自命不凡地微笑是娜噢宓的坏习惯，但在我的眼中，这反而成了她的灵巧之处。

四

娜噢宓老缠着我说："带我去镰仓吧。"八月初，我决定带她去旅行，小住两三天。

"干吗只住两三天呀？要去的话，不住上个把礼拜、十天的，多没劲啊。"

临行前，她抱怨着，现出一脸的不满。可是，我是借口说公司里忙才从乡下回到东京的，一旦败露，在母亲面前恐怕不好交代。我觉得要是如此说明，她反而会觉得脸上无光，所以改口说：

"今年你就先玩两三天，明年再找个与众不同的地方，带你玩个过瘾……怎么样，行吗？"

"可是，只有两三天……"

"天数是不多，不过，你要游泳，回来后去大森的海滨游也行啊。"

"那么脏的海边能游泳吗？"

"好啦，别较劲了。听话，好孩子。作为补偿，我帮你买件衣服吧……对了，对了！你不是想要西装吗？帮你做一套吧。"

在"西装"的引诱下，她总算不再坚持。

在镰仓，我们住在长谷的金波楼，这是一家不怎么上档次的海滨旅馆。这事现在想来还是觉得可笑。我的囊中还揣着上半年的大部分奖金，原本这两三天的小住没有必要厉行节约，再说，这是我们俩第一次一起外出旅行住宿，心中喜滋滋的，为了尽可能给她留下美好的印象，我最初的打算是，不要显得吝啬小气，旅馆应找一流的。然而，到了出发的那一天，我们乘上开往横须贺的二等车厢，顿时感到心虚胆怯。因为在这列开往逗子和镰仓的二等车厢里，有很多太太和小姐，她们的穿着华贵艳丽。混杂在她们之中，虽然我的装束还过得去，可娜噢宓的打扮就实在显得寒碜了。

由于是盛夏，那些太太小姐们也不会装束得臃肿奢华，不过拿娜噢宓与她们一比较，就能知道上流阶层与一般女子之间存在明显的气质上的差距，娜噢宓与当咖啡馆女招待时相比已判若两人，但毕竟出身卑微、缺少教养，无法与她们相提并论。连我都如此感觉，娜噢宓本人的感受一定更加强烈。她一直自以为时髦的那件葡萄花样的平纹细纱料子的单衣，此刻看来是多么的俗气可怜，虽然一些平常的妇人也有只穿一件质朴单衣的，但她们的手指上戴有晶莹光亮的宝石戒指，持有奢华的手提包，显示着她们的荣华富贵。而娜噢宓的手上除了那细腻光滑的肌肤外没有一件可值得夸耀的东西。我至今记得，她十分尴尬地把自己的遮阳伞藏到衣袖后面，虽然那把伞是新买的，但是谁都知道那是只值七八圆的便宜货。

尽管我们幻想着居住三桥的宾馆，或是咬咬牙入住海滨饭店，可走到跟前一看，先是被那些饭店门前庄重的装潢气派所压倒，在镰仓长谷道上来来回回地走了两三趟，最终决定住进当地属二三流的金波楼旅馆。

旅馆里住着许多年轻的学生，嘈杂吵闹，不得安宁。我们每天都去海边度日，活泼爱动的娜噢宓看到大海就兴奋异常，早把火车上遭遇的尴尬及颓丧忘得一干二净。

“今年夏天，我一定要学会游泳！”

娜噢宓紧拽着我的胳膊，在浅水处“扑腾扑腾”地一阵乱蹬。我用双手托起她的身体，让她趴在水面，或者让她紧紧抓住木桩，我抓住她的脚，教会她蹬腿的方法。有时我还会突然松开手，故意让她喝两口咸涩的海水。游腻了，就再做漂浮冲浪的练习，随意躺在海滩上忘情地戏耍，傍晚时租条小船划向大海的远处——这种时候，娜噢宓总是在泳衣外裹上一条大浴巾，有时坐在船尾，有时头枕船舷仰望蓝天，毫无顾忌地放声演唱自己擅长的那不勒斯船歌《桑塔露琪亚》。

O dolce Napoli，

O soul beato，

……

我痴情地倾听着她那意大利语的高亢的女声，歌声在傍晚平静的海面上回响。我静静地划着桨，“再划得远些，远些！”她想无止境地在海面上驰骋。不知不觉之中，夜幕降临了，耀眼的星星从空中俯视着我们的小舟，四周的天色已暗，娜噢宓裹着发白浴巾的轮廓也变得朦胧起来，然而，她那明快的歌声没有停止，《桑塔露琪亚》反复唱了多遍，接着唱《洛勒莱》《流浪者》和《可爱的孩子》中的一段，歌声伴随着悠悠摇晃的小船在星空下回荡……

或许谁的年轻时代都有过这样的体验，可是对我而言，当时真是第一次。我是个电器方面的工程师，与文学与艺术基本无缘，连小说也很少阅读，当时能想到的就是曾经读过的夏目漱石的小说《野宿》[①]。的确，里面有“威尼斯正在沉没，正在沉没”这句话。和娜噢宓两人待在摇曳的一叶小舟上，从远处的海面透过暮霭遥望陆地上的灯光，这句话便不可思议地浮现在脑海之中，由此产生了一种催人泪下、如痴如醉的心境，恰似就此会与她一起漂流到无限遥远的陌生世界去一样。像我这种粗俗的男人居然会体味到这等美妙的心情，这三天的镰仓旅行绝没有白过。

不，岂止这些，说实话，这三天之中我还有更加重要的发现。迄今为止，虽然我一直与娜噢宓同住，却不曾见过她的体态，说得露骨一点，即不曾有机会看到她一丝不挂的肉体，可这一次完全看清了。她首次去由比滨海水浴场游泳时，穿上前一晚特地去银座买来的深绿色游泳衣，戴上同色的游泳帽来到我跟前，老实说，我对她匀称的四肢真感到惊喜异常，是的，简直是欣喜若狂。这是由于娜噢宓的身材，与以往我对合体衣物包裹下的她的曲线的想象完全一致之故。

我不禁在心中欢呼：“娜噢宓，娜噢宓哟！我的玛丽·璧克馥。你的体态是多么的匀称，你的手臂是多么的柔韧，你的双腿又是多么的修长，如同男孩一样笔直健美！”由此自然而然地浮现出电影中所见的健康活泼的泳装女郎的身影。

恐怕没有人愿意把自己老婆的身体细部详述予人，我把日后将

---

① 又译《草枕》。

成为自己妻子的娜奥宓的体态堂而皇之地描写出来告知大众，同样也绝非令人愉悦之事。然而，如若对此忽略不谈，那么就难以陈述后事，最终会导致我的记录失去其留存的意义。所以，我必须将娜奥宓十五岁那年八月在镰仓海边的秀美体态在此记录下来。当时的娜奥宓身高只比我矮那么一丁点儿——我虽然体态健壮，身高却只有五尺二寸，算是个小个子。而娜奥宓身材的特点是上身短、腿修长，远远地看去，个子要比实际身高颀长得多，而且短小的胴体呈S形，丰胸柳腰，臀部隆起，充分显露出成熟女子的圆润。那时，我们已看过著名的游泳健将凯拉曼主演的描写美人鱼的影片《水神之女》，于是，我对她说："小娜，模仿一下凯拉曼的姿势。"

娜奥宓直直地站在海滨沙滩上，双手向上伸向空中，做出"跳水"的姿势，两条腿紧紧并拢，不见一点儿缝隙，腰部至脚踝处形成一个倒置的小三角形。她洋洋得意地问："让治，怎么样？我的腿很直吧。"说着，她忽而走动、忽而停下，在沙滩上伸直自己修长的双腿，颇为满意地自我欣赏。

娜奥宓身体的另一个特点是颈项到肩头的线条。她的肩……我时常有接触她肩头的机会，每当她换上泳装的时候，总会跑到我的身边说："让治，帮我扣上。"她要我帮她扣上肩部的纽扣。像娜奥宓这样颈长肩溜的少女一般脱下衣服会显得瘦削，可她却正好相反，肩部意外地显得壮实、丰腴，有着肺活量很大的胸脯。为她扣纽扣时，她深吸一口气，扭动手臂，背部的肌肉犹如滚动的海浪，泳衣紧紧裹住她那小山岗似的隆起的肩膀，犹如即刻就会绽开断裂一般。总之，她的肩头充满了活力，给人以"年轻"与"健美"的感觉。我暗自将她与周边的少女们进行比较，发现再也找不到哪位姑娘像她那样兼具健美的肩胛和优雅的脖子。

“小娜，别动！你一动，扣子就扣不上啦。”

我说着，常常用力抓住泳衣的一端，勉强地将她的肩头扣进泳装，仿佛将一件大东西塞进口袋一般。

具有此等身材的娜噢宓爱好运动，活泼而带点儿野性是理所当然的，事实上，只要是劳动手脚的事她都学得很出色。游泳在镰仓学了三天，后来在大森的海滨每天卖力练习，当年夏天就学会了。除此之外，还学会了划船、驾驶快艇等其他的本领。疯玩一整天，一到傍晚就精疲力竭，喊着“噢，真累坏了”，拿着湿漉漉的泳装回家。

“哎哟，我饿极了!”疲乏地一屁股坐在椅子上。有时懒得做晚饭，回家路上顺便到西餐馆，两人竞赛似的饱餐一顿，牛排要了一份又一份，酷爱牛排的娜噢宓竟然一口气可以独吞上三份。

那年夏天的快乐往事，怎么写也写不完，姑且就此打住。最后，还有件事不能遗漏，从那时候起，我养成了让娜噢宓进浴盆洗澡、用橡胶海绵帮她搓洗背脊和手脚的习惯，这源于一开始游过泳的娜噢宓嗜睡，无法去公共澡堂冲洗，所以我只能在厨房用清水为她冲干净海里的咸水。

“小娜，这样全身黏糊糊地睡可不行，坐到澡盆里去，我给你洗干净。”

她听从我的吩咐，顺从地让我帮她洗。由此渐渐养成了习惯，到了凉爽的秋季，冲澡依然不停，最终发展到在画室的角落里放置一个西式澡盆，铺上防滑垫，四周围上隔扇屏风，整个冬天也一直坚持洗澡。

五

细心的读者通过前面的讲述，可以想象我和娜噢宓已经超越了一般的朋友关系，然而，事实并非如此。诚然，随着时间的推移，我俩内心之中滋生出一种互相间的“理解”，不过，一方只是个十五岁的少女，而我呢，正如前面所说是一个对女性缺少体验的谨慎正直的“君子”，而且对她的贞操还负有一定的责任，我不会因为一时难得的冲动去超越“理解”的范围。在我的心中，娜噢宓当然还是自己妻子的不二人选，即便还有其他人选，事到如今我也不能见异思迁，弃她而去，这一意念越来越坚定。正因为如此，我打一开始起，就不想用玷污或玩弄的手法去占有她。

就这样，我第一次和娜噢宓发生男女关系是第二年的四月二十六日，她十六岁那年的春天——之所以记得如此清楚，其实是从那时候起，不，在更早以前，就是为娜噢宓冲澡那时起，我就开始写起了日记，记录下我对她种种感兴趣的事儿。那时候，娜噢宓的身体发育很快，一天天地越来越有女人味。就像诞下婴儿的母亲记录孩子成长过程中“开口笑了”、“开始咿呀学语”时那种心情，我将吸引我注意的生活情景一一写入日记，我至今还会不时翻阅日记，大正某年的九月二十一日——即娜噢宓十五岁那年的秋天的日记里这样写到：

“晚上八点为她冲澡。海里游泳时晒黑的肌肤依旧，只有穿着游泳衣的部分是洁白的，曝晒的地方黑黢黢的。我虽然也同样，可娜噢宓的肌肤原本白皙，所以看上去黑白更加分明，赤身裸体时也像穿着泳衣。我调侃说，你的皮肤像斑马，她有趣地笑了起来……”

一个月后的十月十七日的日记里，我这样写：

“变黑、蜕皮的皮肤渐渐好转后，反而比以前更加细腻光滑。我帮她洗手臂的时候，娜噢宓一声不吭地凝视着肌肤上往下流淌的肥皂泡。我说：‘真美。’‘是的，真美。’她也说，随后又补充说：‘我是说肥皂泡。’……”

十一月五日的日记这样记述：

“今晚首次使用西式澡盆。娜噢宓还不习惯，哧溜溜地滑向水中坐不稳当，还咯咯地笑起来。我管她叫‘大小囡’，她就叫我‘小爸爸’。”

是的，从此以后，我们也经常使用“大小囡”和“小爸爸”的称呼。娜噢宓想要什么东西而对我撒娇缠磨的时候，总会故意戏称我“小爸爸”。

“娜噢宓的成长”——我给日记起了这样的标题，所以理所当然的只记录有关她的情况。不久之后，我又买了照相机，取各种光线和角度为长相越来越像玛丽·璧克馥的娜噢宓拍照，将照片贴在日记中。

提起日记，话题就扯远了。总之，从日记的记述看，我与她建立无法分割的关系是在来到大森后第二年的四月二十六日。原本两人之间就已形成了心照不宣的“理解”，因此这种关系的建立是极其自然的，谈不上究竟是谁诱惑了谁。我俩几乎什么也没说，一切都在默契之中完成。完事之后，她贴在我耳边说：

“让治，你可千万别抛弃我。”

“怎么会呢——你放心吧，我绝不会舍弃你的，小娜是了解我的心意的……”

“是啊，我当然了解，可……”

“那你是什么时候了解的?”

“这个嘛，是什么时候呢……”

“我提出要接小娜同住来照顾你时，你对我的想法是什么？你没想过我是打算把你培养成优秀的女性，将来与你结婚吗?”

“我想到过你的打算，不过……”

“那么说，小娜是做好当我夫人的准备来我家的。”

我没等她答复，就用力紧紧地抱住她继续说，“谢谢你，小娜，真心感谢你那么理解我……说实话，我真没想到你是这样……这样符合我的理想。我真是太幸运了！我会疼你一辈子的……只爱你一个……就像世间所有相亲相爱的夫妇一样，绝不亏待你。你要相信我，我将为你而活。你的任何愿望我都会满足，你要更努力地学习，愿你成为一个最优秀的女人……”

“是的，我会拼命学习，做一个使让治满意的女人，一定……”

娜噢宓淌下热泪，不知不觉之中，我也泪流满面。当天晚上，我们聊了整个通宵，畅谈我们的未来。

没过几天，我利用周六下午和周日回老家的时间，向妈妈讲述了与娜噢宓的关系。之所以急着告诉母亲，一方面是娜噢宓有点担心我亲属的想法，这样可让她放心。再者，我也想光明正大地办好婚事。我用上了年纪的人容易接受的理由，如实地谈了我对“结婚”的想法及为什么要娶娜噢宓为妻的缘由。母亲早就了解我的性格，也很信任我，她听后只说了一句：

“你有如此打算，当然可以娶她。不过，那孩子生在那样的家庭容易多事，要注意将来别留下麻烦。”

虽说正式的婚礼是两三年之后的事，可我想把她的户籍尽早迁进来，就马上到千束町娜噢宓娘家去商谈。母亲和哥哥原本就不在乎她的事，事情十分顺利地谈妥了。家里人虽然并不关心娜噢宓的婚事，却也并非坏心眼的黑心肠，他们没有提出任何一项钱财方面的欲求。

此后，我们俩的亲密关系迅速发展。世间无人知晓，表面上我俩依然如同朋友，可实际上已成为不必顾忌任何人的合法夫妻了。

“我说，小娜呀，”有一次我对她说，“从今以后，我们都要像朋友那样生活哟，直到永远……”

“你会一辈子都叫我‘小娜’吗？”

“那当然。不过，还是叫你‘夫人’吧。”

“不要，我不喜欢……”

“要不叫你‘娜噢宓太太’?”

“‘太太’可不好，还是叫‘小娜’好，直到我同意你叫‘太太’那一天为止。”

“这么说，我只能永远当‘让治先生’咯。”

“那当然，还有别的叫法吗?”娜噢宓仰卧在沙发上，不停地把玩、亲吻手上的蔷薇花，她冷不防地叫道：“是吧，让治先生!”她放下蔷薇，张开双手，紧紧搂住了我的脖子。

“我可爱的小娜，”我被她用力抱着，几乎喘不过气来。她的衣袖遮盖住我的脸，我继续说，“我可爱的小娜！我不仅爱你，老实说我还崇拜你，你是我的宝贝，是我亲自发掘和打磨的钻石。为了把你打造成绝代佳人，什么东西都舍得为你买，我每月的工资都可以送给你。”

“行啦，不必那样。我只想更好地学习英语和音乐。”

“好哇，努力学吧，努力！我马上会给你买一架钢琴，你就会成为在洋人面前毫不逊色的淑女，你一定能行!”

我经常使用“在洋人面前”、“像洋人那样”之类的话语，她听了当然也满心欢喜，会在镜子跟前做出各式的表情，问道：“怎么样？我这样的表情像不像洋人?”

看电影时她很注意女演员们的动作，玛丽·璧克馥的笑容、皮纳·梅尼凯丽[①]的眼神、格拉汀·法拉头发的梳扎法，最后居然走火入魔，解开自己的头发，模仿着梳起各种各样的发型。她观察力

① Pina Menichelli（1890～1984），意大利女演员。主要作品有《卡比莉亚》《真实的老虎》《茶花女》等。

极强，擅长在刹那之间准确捕捉女演员的习惯和感觉。

“太棒了，连演员都学不到这程度。你的长相太像洋人了。”

“是吗？究竟哪儿相像？”

“鼻子和牙齿。”

“啊，是这口牙齿吗？”

说着，她“咦——”地咧开嘴，对着镜子欣赏起自己的牙齿。的确，她的牙齿排列整齐均匀，光洁漂亮。

“你不同于一般的日本人，穿和服并不好看，还是穿西服好。即便穿和服，也该穿那种与众不同的式样。”

“该穿什么款式的？”

“往后女性会越来越活跃，过去那种拘谨严肃的传统服装已不再合适了。”

“我穿窄袖和服束宽幅兵儿带，行吗？”

“应该不错的。其实穿什么都行，只要尽量显出新奇的风格来，既不是日式的，也不是中式或西式的，而是那种独特的装束……”

“要是有那种服装，你能帮我做一套吗？”

“那还用说，我要帮小娜定做各种款式的服装，让你每天换一套。未必要那种特等、上等绉绸那么高档的料子，薄花呢或平纹粗绸就足够了，关键是式样要新颖。”

如此交谈的结果，导致我们经常结伴去绸缎店、百货商场物色布料，那一阵子，几乎每个星期天都要去三越及白木屋的商店，一般的妇女用品我们根本看不上，可令人满意的花纹料子又不易找到，平常的绸缎店均不行，于是跑到印花洋布店、毛毯店、衬衫西服布料店去寻找，还特地跑到横滨中华街和华人居住区的面向外国人的布料店去，转悠上一整天，直走得精疲力竭，两条腿就像研钵杵那样发直僵硬。在行走时也不放松，时时留意洋人们的打扮、装束以及处处可见的橱窗装饰，一看到新奇之物，娜噢宓就叫嚷起来：“啊，那块料子怎么样?”她立刻跑进店里，让店员从橱窗里取出衣料，提起至下颌以下或裹上身子比照观看。就这样，即便光看不买，我们也觉得兴致盎然、愉悦有趣。

近来，一般的日本妇女中间开始渐渐流行起用蝉翼纱、乔其纱、薄棉绸等面料做单衣，说起来，最早开始引领这一潮流的恐怕还是我们。奇妙的是，这类面料相当符合娜噢宓的气质，并不是做成传统刻板的衣物，而是做成窄筒袖服，或者是睡衣形式的衣物，抑或是夜间室内的薄长袍，再就是将布料直接裹在身上，用别针固定。娜噢宓穿着这样的衣物在家中来回走动，站在镜子前自我欣赏，摆出各种姿势来让我拍照。穿上雪白的、玫瑰色的、淡紫色的、蝉翼一般通透轻纱衣装的娜噢宓宛如一朵灿烂美丽的鲜花。“你这样试试”、“你那样试试”，我时而将她抱起、放倒，时而让她坐下，让她行走，会乐此不疲地欣赏几个小时。

如此一来，她的衣服一年就会增加好几套，她无法将衣物都收进自己的房间，于是随手到处乱挂或揉作一团放置。要是买一个衣橱就好了，可我觉得有那笔钱的话还不如多买些衣裳，再说，这完全是我们的兴趣，没必要精心保存。数量固然不少，却尽是些便宜货，反正坏了就买。随便放在显眼之处，以便随意更换，还可以为房间增色。画室恰似剧场的更衣室，椅子上、沙发上、地板的角落里，更有甚者在楼梯的半道、阁楼过道的扶手栏杆上，到处胡乱搭挂着衣物。而且几乎都未好好清洗，加之她喜欢贴身穿着，哪件衣服上都沾有污垢。

衣裳虽多，却大都为奇装异服，能穿着出客的最多一半。其中娜噢宓外出时特别喜欢的是一套有缎子夹衣的和服外套，说是缎子的，其实是棉丝混合的面料，和服与外褂都是红褐的素色，草履的屐带、外挂的纽扣也是同色，其他的诸如衬领、腰带、带扣、内衣衬里、袖口、反窝边等一律使用天蓝色。腰带也是棉丝缎子做的，中间薄的窄幅腰带，可以紧束后突出胸部。她提出衬领布要有类似贡缎的料子，我就买来丝带给她扎上。一般娜噢宓是在晚上看戏的时候穿上这套衣裳，当她金光闪亮炫目地出现在有乐剧场和帝国剧场的走廊上时，几乎人人都会回头张望。

“那女人是谁呀?”

“是演员吗?”

“是混血儿吧?”

每当听到这些窃窃私语时，我和她都得意非凡，故意在那儿一再徘徊。

这样的服装居然会引起人们诧异的目光，更何况那些更加奇特怪异的衣物呢。娜噢宓再怎么标新立异，也不会穿着它们出门。这些衣裳充其量是放置家中的容器，是将她装入这些容器来加以欣赏的，就和将一枝美丽的鲜花轮流插向不同的花瓶中欣赏时的心情一样。对我而言，娜噢宓既是妻子，也是这世上最珍贵的人偶和装饰品，所以不足以大惊小怪。她在家中几乎不穿正儿八经的衣物，从美国电影的女扮男装的服饰中受到启发而制作的三件套黑丝绒西装是花钱最多的、最奢侈的室内服。她穿上这套西装，盘起头发，戴顶鸭舌帽，真有种猫咪一般娇媚风骚的感觉。夏季自不消说，就是冬季，屋内生起火炉暖洋洋的，她时常会光穿一件宽松的睡袍或泳衣。提起鞋子，就她穿的拖鞋来说，就数不胜数，其中有多双中国的绣鞋，而且她几乎不穿袜子，总是光脚穿鞋。

六

当时，我一方面那么讨好娜噢宓，让她随心所欲地做喜欢做的事；另一方面又从未放弃让她接受教育，培养她成为一个了不起的优秀女性的初衷。然而仔细玩味这“优秀”、“了不起”的含义，连我自己也说不清楚，反正以我个人极其单纯的模糊的思考来说，无非是“不论到哪儿都不会丢脸的现代时髦女性”。自己果真能既使娜噢宓变得“卓越”，又能对她“像人偶那样珍爱”，这两者能做到并行不悖吗？如今想来多少有点儿荒唐，而当时自己沉溺于爱情之中，居然连如此简单的道理都想不明白。

“小娜呀，玩归玩，学习还得好好学，你有出息了，我还会给你买更多的东西。”这话成了我的口头禅。

“嗯，我会好好学的，我一定会有出息的！”

被我提醒后，她肯定这样回答。每天晚饭后，我用三十分钟时间帮她练习英语会话和阅读，但这种时候，她总是身穿天鹅绒衣服或室内睡袍，倚在椅子上用脚趾尖把拖鞋当作玩具玩耍。尽管我讲得口干舌燥，最终她还是置身在半玩乐半学习的状态之间。

“小娜，你这是成何体统！学习的时候要坐正。”

我一说，娜噢宓就耸了耸肩，用小学生撒娇的声调说：“老师，对不起。”有时会说：“河合导师，请原谅我吧。”

满以为她可能偷偷地在察看我的脸色，可是有时她会稍稍点戳一下我的脸颊，于是，“河合先生”也就失去了严格要求如此可爱学生的勇气，最终我的呵责换回了一场没有分寸的恶作剧。

娜噢宓的音乐学得如何我无从知晓，英语从十五岁起已学了两年，且由哈里逊小姐执教，理应学得不错。阅读从一册开始已学到二册过半，会话教科书用的是《English Echo》，语法书用的是神田乃武编写的《Intermediate Grammar》，相当于初中三年级的水准。不过我觉得，再怎么高看，娜噢宓的英语水平大概还不及初二的学生。对此我颇难接受，想想情况恐怕还不至于这么糟，于是去拜访哈里逊小姐。

“哪里，不是这样的。这孩子很聪明，学得很好。”这位胖胖的和蔼的老姑娘微笑着对我说。

“这孩子的确聪明，但我觉得她的英语并没有学好。阅读还行，可英日翻译和语法解释么……”

“不，这是您的不对，您的想法有问题。”老姑娘依然和颜悦色地打断我的话说，“日本人全都先考虑语法和翻译，其实这是最不好的方法。学英语的时候，脑袋里决不要先想语法，先考虑翻译，一遍又一遍地朗读英语原文，此乃最佳学习方法。娜噢宓的发音很漂亮，朗读也不错，一定很快会提高的。”

诚然，老姑娘的话也言之有理。不过，我的意思并不是要娜噢宓系统地掌握语法规则，她已经学了两年英语，教科书学到了第三册，至少应该了解过去分词的使用方法、被动语型的构成、假定型应用法则这类文法，让她把日语翻成英语时，完全翻不成形，连中学的劣等生都及不上。朗读得再流利，毕竟未必能养成她英语的实际能力。我搞不清这两年间老师到底教了些什么，她又究竟学了点什么。然而，老姑娘对我抱怨、不平的脸色全不在意，相当放心、大气地一边点头一边重复道："那孩子是很聪明的。"

这只是我个人的想象，洋人老师对日本人学生有一种偏爱，所谓的偏爱——若说得不确切，是否可以称为先入为主呢？也就是说，他们一看到长相有洋人气息的、时髦可爱的少男少女，就会不由分说地觉得那孩子聪明。那位老姑娘尤其如此，之所以不停地夸赞娜噢宓，源于其早已认定她是个"聪明的孩子"，更何况娜噢宓天生伶牙俐齿，有一定的声乐素养，被哈里逊小姐表扬为发音准确流畅，一听到她发声，就断定她英语说得漂亮、优美，而我们这些人则是望尘莫及的。恐怕这是老姑娘被娜噢宓的声音所迷惑，才如此欣赏她的。令人惊讶的是，在哈里逊小姐的房间里，我看到化妆台的镜子周边居然装饰着许多娜噢宓的照片，她对娜噢宓的喜爱由此可见一斑。

虽然我对老姑娘的见解和教授法颇为不满，但是一个洋人如此看得起娜噢宓，夸她聪明伶俐，这又恰中我的下怀，宛如自己受到赞扬一般喜不自禁。不仅如此，本来我——不，不仅仅是我，日本人谁都差不多——在洋人面前大多畏畏缩缩，缺少明确表达自己意愿的勇气。老姑娘用声调奇妙的日语，堂而皇之地固执己见，结果反而导致我该说的话无法说出口来。我想，既然对方一味坚持，自己不如在家里帮娜噢宓补课提高为好。主意一定，我便表示：

"对了，您言之有理，我明白了，这就放心了。"

我的脸上浮现出暧昧、尴尬又逢迎的笑容，就这样不得要领地沮丧而归。

“让治呀，哈里逊怎么说来着?”

当天晚上，娜嗅宓问我，她的语调中充满着自恃老姑娘的宠爱的口气，傲慢又轻狂。

“说你学得好，不过洋人并不了解日本学生的心理。光是发音好，能够流利地朗读就说好，那就大错特错了！你的记性的确不错，所以会死记硬背，可让你一做翻译，就一句也翻不出来，这不等同于鹦鹉学舌吗？再怎么学也没长进！”

这是我第一次对她进行像样的指责，娜嗅宓自以为有老姑娘哈里逊撑腰，得意洋洋地耸动鼻翼，像是在说“你该明白了吧”。不光是她的神情惹恼了我，更重要的是我开始担忧她这一德性能被打造成“优秀的女性”吗？哪怕英语学得如何另当别论，若是她无法理解语法的规则，那么她的头脑实在是前景堪忧！男孩子在中学学习几何与代数是为了什么？不一定是为了实用的目的，而是为了训练头脑缜密的思考能力。现在的女孩子当然不一定要具备很强的剖析能力，可从今往后的女性就不同了，更何况还想成为“不亚于洋人的”“优秀的”女性，没有组织才能、没有分析能力是不靠谱的。

我多少有点儿意气用事，以往只有半小时的复习，这以后延长到一小时或一个半小时，每天都要教她日文英译和语法，而且学习过程中决不允许玩耍，还不留情面地加以训斥。娜嗅宓最缺少理解能力，我就故意为难她，不明说细节，而是稍稍给点提示，引导她开发独立的创造力。比方说，学习语法被动式时，马上出一道应用题：“你把它译成英语。”我对她说，“只要明白刚才读过地方的意思，就该译得出来。”

在她交出答案之前，我一言不发地耐心等待，她做错了，我决不明说错在哪儿，只是一次次地退回让她重做。“怎么搞的，你呀。这一点东西都不能理解，好好看看语法后再做！”她还是做不出来时，我最终会过分投入地大声数落起来：“小娜呀，这么容易的题都做不出来，你今年到底多大啦？同一个错处一遍遍地纠正，还不明白，你的脑子放到哪去了？哈里逊老说你聪明，我看你一点儿也不聪明，这点东西也做不出来，去上学也是个劣等生！”

娜噢宓气呼呼地绷着脸，最后往往会抽抽搭搭地哭泣起来。

平时我俩是那么亲密的一对，她笑我也笑，从未有过争吵，恐怕世上再也没有如此和睦的恋人了——可是一到学习英语的时间，双方都会感到沉重郁闷，身边弥漫着令人窒息的氛围。我没有一天不发脾气，她也天天板着那张脸，刚才还在欢乐嬉闹，突然间双方变得剑拔弩张的拘谨，几乎以敌视对方的眼神互相瞪着眼睛。事实上此刻我已经忘记了要将她培养成优秀女性的初衷，为她的不中用而感到焦虑，打心眼里感到恨铁不成钢。如果她是个男孩，我准会气不打一处来地给她一个大巴掌，或者破口大骂“混蛋”。有一次，我气得要用老拳敲击她的额头。这么一来，娜噢宓会奇妙地闹起别扭来，就是会说的也绝不回答，默默地饮泣吞声，像块顽石那样一声不吭，她一旦这样较劲倔强起来会犟得令人吃惊，绝不屈服，最终还是我拗不过她，以不了了之收场。

还发生过这样一件事。我曾多次教过她，在“doing”或“going”这类现在分词前面务必加上“存在”动词——“to be”，她还是无法理解，到现在依然说出“I going...”“He making...”之类的错误句子。我大为光火，连声骂她“笨蛋”，一边又口干舌燥地给她做详细的说明，还让她把“going”变成过去、将来、将来完成、过去完成的时态，令人惊讶不已的是她仍然不得要领，居然写成“He will going”“I had going”，我顿时火冒三丈，用铅笔敲击桌子破口大骂：

“傻瓜！哪儿有你这样笨的人，对你说过多少遍啦？绝对不能说‘will going’、‘have going’，你怎么还不懂！那你就给我做到明白为止，今夜做一个通宵，不做出来我不会放你过关！”

我把练习本推回到娜噢宓跟前，她紧咬嘴唇，脸色铁青，双眼恶狠狠地直瞪着我，突然一把抓住练习本，将其刺啦刺啦地撕碎，狠狠地摔到地上，然后，怒火燃烧的双眼再次死盯着我，仿佛要在我的脸上灼出个窟窿来。

“你要干什么？”

刹那间，我被她猛兽般的气势镇住，变得目瞪口呆。过了一会儿才缓过神来反击：“你想反抗我吗？你认为学习是可以为所欲为的吗？你说过要努力学习，做优秀的女性，说过就算了吗？你撕掉练习本是什么意思？你得认错！否则我决不答应，今天你就从这个家里滚出去！”

但是，娜噢宓仍然倔强地默不吱声，脸色铁青，嘴角边泛起一丝哭泣般的浅笑。

“好哇，既然你不肯认错，那现在就给我从这里滚出去！我让你出去！”

我觉得不这样表现就不足以对她造成威吓，于是猛地起身，将她随意乱扔的两三件替换衣服揉作一团，快速地用包袱皮裹上，从二楼的房间里取来钱包，抽出两张十圆的钞票，边将这些东西塞到她手里边说：

“行啦，小娜，这个包袱里有你的替换衣物，拿着今夜回你的浅草娘家去！这里有二十圆钱，虽然少些，就算这几天你的零用钱。过几天我们再谈，了结我们之间的事。别的行李明天就可以给你送过去。哎？小娜，你怎么啦？为什么不吱声……”

听到我的呵责，她看上去内心并不服气，但毕竟是个孩子，见我少有的怒发冲冠，她还是有点胆怯，低垂着脑袋，像是有点后悔，一副局蹐不安的样子。

“你这丫头还真犟，不过，我也是一旦话说出口，就不会轻易作罢。觉得自己不对就认错，不愿认错就回家。……你到底选什么？还是早作决定吧。认错，还是回浅草？”

娜噢宓摇了摇头，表示不回去。

“你是不愿回去啰？”

她像应允似的点了点头。

“那就认错吗？”

“嗯。”她又点点头。

“那我就原谅你，不过，你要正式低头认错。”

于是，娜噢宓万般无奈地将双手撑在桌上，颇不情愿地歪着脑袋，敷衍了事地点了点头，还是摆出一副不屑的样子。

她这种桀骜不驯、任性妄为的脾气到底是与生俱来的呢，还是我过分娇宠的结果？总之，随着时光的推移，她明显表现得日益骄纵放肆起来。不，其实也不是现在变化的，也许是她十五六岁时，是我觉得那是小孩子的可爱而忽视了，长大后一发不可收拾，渐渐成了我的烫手山芋。以前她撒娇胡闹时，我一正色训斥，她马上老实听话了。可近来只要稍不中意就虎起脸来。若是涕泪交加的哭泣倒还会使人产生几分怜爱，然而有时不管我怎么责骂，她就是不流一滴眼泪，装傻充愣，真是叫人可恨，她翻起那双锐利的眼睛，瞄准似的直直地盯着我。我总觉得，如果真有动物放电一说，那么，娜嗅宓眼中的电流一定最大，因为她的眼睛凄厉逼人、炯炯有神，洋溢着一种深不可测的魅力，完全不像是女人的眼睛。只要被她瞄上一阵，定会有不寒而栗之感。

七

那一阵子，我心中失望和爱慕这一对矛盾在互相倾轧。选择上出现失误，娜噢宓并非自己所期待的那么聪颖——不论我怎么高看她也无法否认这一事实。我意识到，有朝一日她成为一个卓越女性的期望，如今已成了泡影。出身卑贱的人毕竟不可造就，千束町的姑娘还是只配当咖啡馆的女招待，不合其身份的教育最终会一事无成。我深深地感到泄气和绝望，然而，与此同时，我又越来越被她的肉体所吸引。对了，我之所以特地用“肉体”一词，是因为她的肌肤、牙齿、嘴唇、头发、眼睛以及其他所有的姿态极为美妙，而那儿没有任何精神性的东西。也就是说，她的头脑背叛我的期待，而肉体却日益令我入迷，不，甚至美得超过了我的理想。我越认为她是个“傻女人”“没出息”，越事与愿违地容易被她艳丽的美貌诱惑。这对我而言真是一种不幸。我渐渐地忘记了要“把她培养成优秀女性”的纯洁的初衷，反而滑向完全相反的方向，当我意识到这样下去不行的时候，已经到达无法掌控的地步。

“世上事很难样样如愿。我是想在精神和肉体两方面都把她培养成一个姣美的人，如今，精神方面已告失败，而肉体方面则可谓大获成功。我不曾设想过她在肉体方面会出落得如此窈窕俏丽，如此看来，我的成功足以弥补失败的损失，且绰绰有余。”

我勉强地如此自我安慰，使自己的心情有所满足。

“近来我学英语时，让治不骂我傻瓜啦？”

娜噢宓很快看破了我心态的变化。学习上并不机灵，察言观色倒颇为细心敏锐。

“是啊，说得太多，反而会引起你逆反抵触，效果不佳，所以改变了方针。”

“哼。”她冷冷一笑，“还不是嘛，成天被你傻瓜笨蛋的乱骂一气，你说的我就不听。说老实话，那些问题我大都知道，装出不懂的样子，只是故意气气你而已。难道让治这点也看不出来吗？”

“是嘛，果真如此吗？”

我分明知道娜噢宓是在假逞威风嘴硬，却故意做出惊讶的样子。

“还用说吗？那种题目怎么可能做不出来！让治却信以为真，所以你才是个傻瓜呢。你发脾气的时候，我每次都感到好笑，好笑极了！”

“好家伙，竟然让我上当受骗了！”

“怎么样，我比你聪明点儿吧？”

“嗯，是聪明，我比不上你。”

于是她更加洋洋得意起来，捧腹大笑。

读者诸君，在此我要唐突地为大家说一段奇妙的段子，请别见笑。我上中学的时候，上历史课的老师讲过安东尼和克娄巴特拉女王的故事。正如各位所知，那个安东尼在尼罗河上与屋大维·安努斯的军队打水仗，跟着安东尼前来的克娄巴特拉一见形势对己不利，冷不防中途掉转船头逃跑了。此时，这位安东尼看到那无情无意的女王抛弃自己脱逃，竟然不顾当时正处在生死存亡的危急关头，不再指挥打仗，立即追随女王而去……

“诸位同学，”历史老师当时对我们说，“这个叫安东尼的男人因为跟着女人屁股后面转，最终丢了性命。历史上再也没有比他更蠢的傻蛋了，实在是古今罕有的笑柄。哎呀呀，一代英雄豪杰竟然如此叫人大跌眼镜……”

老师的言辞十分滑稽，学生们瞅着他的脸哄堂大笑起来，当然我也是其中的一分子。

然而，重要的问题在于，我当时怎么也想不明白，安东尼这家伙为什么会迷上那个薄情寡义的女人。不，还不光是安东尼，这不久之前的一代英豪尤利乌斯·恺撒也上了克娄巴特拉的当，颜面尽失。此类先例别处还真是应有尽有。只要探寻一下德川时代诸侯们的家庭纷争和一国治乱兴衰的轨迹，背后必有相当毒辣的妖妇们的阴谋和圈套。那些花招看似极为阴险毒辣、精心策划、天衣无缝，一旦上钩，就遭灭顶之灾，其实也未必。克娄巴特拉再怎么狡黠，她的智慧绝不会在恺撒和安东尼之上。即便不是英雄，只要提高警惕，对她的真情假意、说辞的真伪还是可以识别的。可是明明知道自己将面临杀身之祸，去依然心甘情愿地受骗上当，实在是窝囊得过分。我思忖，如若事实果真如此，那所谓的英雄其实也不过尔尔，因此，我完全认可历史老师所说的马克·安东尼是“古今罕有的笑柄”“历史上再也没有比他更蠢的傻蛋了”的评价。

我至今还会想起当时老师的话以及自己和同学们一起哈哈大笑

的情景，而且每次想起这些时，就会深切地感到如今自己已丧失了笑话他人的资格。因为我不仅能够理解罗马时代的大英雄怎么会变成傻蛋，那个叫安东尼的人为何会那么容易落入毒辣妖妇的圈套，而且还会情不自禁地对他产生些许同情。

世上常听到“女人骗男人”的说法，但是依照我的经验，一开始女人们绝不是“行骗”，而是男人乐于主动“被骗”，一旦有了恋上的女人，她讲的话不论真假，男人听上去都觉得可爱，有时当她流淌着假泪向你靠来之时，男人心想：“哈哈，这家伙想用这一手来蒙骗我呀，太可笑了，太可爱了。我完全了解你的心思，既然如此，我就装出被你骗的样子，让你如愿吧……”

男人内心怀着一种哄孩子般高兴的心态故意表现出上当受骗的样子，男人并不认为自己被骗，而是在暗中窃喜，觉得是自己欺骗了女人。

我与娜嗅宓的关系即可成为例证。

“我还是要比让治聪明。”娜嗅宓说着，觉得自己已成功地骗过了我，而我呢，装傻充愣，摆出一副被骗后还浑然不觉的模样。对我而言，与其戳穿她拙劣的小把戏，还不如让她洋洋得意。看到她喜不自禁的表情，我不知有多么愉悦，甚至可以说自己的良心一下子得到了满足。也就是说，即便娜嗅宓并不是一个聪明的女人，能让她产生自我感觉聪明的自信也不是什么坏事。日本女人的第一大短处就是缺少坚定的自信。与西方女人相比，总觉得怯懦猥琐。现代美女的标准，才华横溢的表情和大方沉稳的仪态比美丽的容貌更加重要。哪怕不谈自信，至少具备某种自命不凡的意识，认定“自己是聪明的”“自己是大美人”，结果兴许真会成为美人。正因为有这样的思考，所以我不仅没有劝戒她爱耍小聪明的坏习惯，反而起到了煽动、怂恿的作用。时常自觉自愿地甘受欺骗，使她的自信心日益膨胀。

试举一例说明。那时我经常与娜噢宓玩下军棋、打扑克。若当真玩，我理应会赢，但我却尽量输给她，逐渐使她产生了“论输赢自己要强得多”的想法。

“来吧，让治，下一盘包叫你输。”

她以一种完全不把我放在眼里的姿态向我挑战。

“哼，来就来，打一场复仇战。其实，只要我认真下，怎么会输给你呢？觉得你是个孩子，最终才大意失荆州的……”

“行啦，等赢了之后再说大话吧。”

“来吧！这次一定要赢你。”

话是这么说，下的时候故意放几手臭棋，依旧输给了她。

“让治，怎么样？输给小孩子不觉得窝心吗？你已经不行了，怎么能与我对抗！好哇，一个三十一岁的大男人输给十八岁的小姑娘，说明你根本不会下棋。”

她越说越来劲，什么“智力胜过岁数”啦、“自己太傻，要生气也活该”啦，照例用鼻子“哼”了一声，盛气凌人地冷笑着。

然而，令人恐惧的是接着而来的结果。一开始我为了取悦娜噢宓才那么让她的，至少我自己是这样以为的。可渐渐变成了习惯，娜噢宓真的变得自信满满起来，直至我无论怎么真正下力，事实上也无法再赢她。

人与人的较量并非只靠智力，还靠“气势”，换言之也就是“动物电”。赌博尤其如此，娜噢宓与我决赛之时，一开始就完全不把对手放在眼里地气势汹汹地攻过来，而我则被她的气势所压倒，心虚胆怯地处于弱势。

“老这么玩没劲，还是多少押点儿钱吧？”

结果，娜噢宓尝尽了甜头，最终是不押钱不玩，越赌越赢，我则是每赌必输。她身无分文，却一角、二角地随意下注，随心所欲地挣取零用钱。

“哎呀，要是有三十圆就能买下那件衣服了。……再来打一副扑克牌吧。”

娜噢宓主动发起挑战。有时她也会输，那就又会另耍花招。若无论如何需要那笔钱花，她就会无所不用其极，非赢不可。

娜噢宓随时都会滥用她的“花招”，玩输赢时，她几乎总穿着宽松的睡袍，故意弄成松松垮垮、歪斜不整的样子，局面一旦对她不利，便摆出一副轻狂淫荡的姿态，敞开衣领，伸出大腿，还不奏效就靠到我身边，又是抚摸我的脸颊，又是捏住我的嘴角扯动，尝试释放所有的诱惑。事实上，我还真怕她这一“招”，尤其害怕她最后的“绝招”——这不便在此细述——一旦她采用了“绝招”，我的脑子就会晕乎起来，眼前一片漆黑，什么输赢胜负，一切都分辨不清了。

“小娜呀，你太狡猾了，靠这种手法……”

“什么狡猾呀，这也是一招嘛。”

在我渐行渐远的意识中，只听见娜噢宓的娇声传来，她满面的媚态模模糊糊地浮现在我的眼前，那张露出奇妙笑意的脸……

“滑头、滑头，打扑克哪有搞这一套的……”

“哼，谁说没有呀。男人和女人比输赢，什么怪招不用。我在别处见过，小时候我在一旁看姐姐在家和男人玩花牌，什么招都用，打扑克和玩花牌不是一回事嘛。……”

我终于明白了：安东尼之所以被克娄巴特拉征服，就是他像这样逐渐被剥夺了抵抗力，任其胡乱摆布的缘故。让自己所爱的女人有自信是好的，但结果却使自己失去了自信。如此一来，你就再也无法战胜女人的优越感，由此还会招致想象不到的灾祸。

八

娜嗅宓十八岁那年的秋季，在残暑炎热的九月上旬的一天傍晚，因为公司没事，我提早一小时回到大森的家中。没想到在进门后的庭院处看到一位陌生的少年正在与娜嗅宓交谈。

少年的年龄与娜嗅宓相仿，最多不超过十九岁。他身穿白底水花纹的单衣，头戴一顶美国佬喜爱的麦秸草帽，帽子上系一条鲜艳的缎带。边说话边用手杖敲击着自己木屐跟前的地面。他红红的脸膛，眉毛很浓，五官端正，一脸的粉刺。娜嗅宓蹲在他的脚下，因在花坛的背阴处，看不清她的模样，只能透过百日草、夹竹桃和美人蕉盛开的花丛中隐隐约约地看到她的侧脸和头发。

男子发现我回来，取下帽子点点头，转而朝着娜嗅宓的方向说声“那我就回去了”，随后大步流星地朝门口走来。

“再见!”娜嗅宓也站起身来。男子头也不回地说了声“再见”，从我面前走过时，他把手搭在帽檐上，像是要遮挡住自己的脸。

“那个男的，是谁呀?”

我刚才像是看到了一个不可思议的场景，与其说是嫉妒，毋宁说产生了一点好奇心。

“他呀，是我的朋友，叫浜田……”

“什么时候结交的朋友？”

“很早之前啦——他也去伊皿子那学声乐的。你别看他满脸粉刺疙瘩脏兮兮的，唱起歌来可好听了，很棒的男中音。前一阵子的音乐会上，我们还一起表演过四重唱呢。”

娜噢宓本没有嘲笑他满脸粉刺的必要，她那么一说，反而引起我的疑心，于是盯着她的眼睛细看。她镇定自若，与平时别无异样。

“他常来找你玩吗？”

“没有，今天是第一次。说是到附近办事顺便来弯一下。他说要组织一个交谊舞俱乐部，请我务必要去参加。”

我的确多少有点不悦，不过听了娜噢宓的解释，也觉得少年就是为那件事而来，没有别的企图。重要的是他俩在我将要下班的时候在院子里交谈，这一点可充分消除我的疑虑。

“那么你答应去跳舞了吗？”

“我说，需要考虑一下……”娜噢宓忽然撒娇似的柔媚地说，“我能去吗？我说，还是让我去吧。让治也可加入俱乐部，一起去学，怎么样？”

“我也能参加吗？”

“哎，谁都可以参加。由伊皿子的杉崎老师认识的俄国人任教。听说他是从西伯利亚逃出来的，缺钱，生活困难，成立俱乐部也是为了帮助他。因此，学生越多越好。你就让我参加吧。”

“你去没问题。我能学得会吗？”

“没事儿，一学就会。”

“可我缺少音乐的素养。”

“音乐嘛，学学就会懂的。……对了，让治应该去学，我一个人是没法跳的，你学了我俩就可以经常一起去跳舞。每天窝在家里玩，挺无聊的。”

我已经隐隐约约地感觉到，近来娜噢宓对以往的生活感到枯燥无聊了。想来，我们到大森建立家庭之后，已经有四年的时光。在此期间，除了夏天的假期之外，我们基本上蜗居在这“童话的新居”里，与大千世界断绝交往，两人总是面对面地相处厮守，再怎么玩出花样，最终觉得枯燥无聊也是必然的。更何况娜噢宓原本就是一个没长性的人，不论什么游戏，一开始迷恋得走火入魔，但绝不会长久，而且，没有游戏可玩时，她一小时都无法消停。打扑克、下军棋腻了，电影演员的模仿无趣了，就跑到一时荒弃的花园里去摆弄花草，用力翻地，播撒种子，浇水施肥，所有这些，对她而言都只是一时的消遣散心而已。

“哎呦，真无聊啊，有什么有趣的事情可干么?”

娜噢宓躺在沙发上，把刚读了个开头的小说扔到一边，挺起胸打了个哈欠。看到她那模样，我心中也暗暗思考，这种单调的二人世界的生活有没有改变的可能。正巧在这个时间点上，她提出去学跳舞倒也不赖。娜噢宓和三年之前已大不相同，与去镰仓游泳时也不可同日而语，让她穿上盛装，打扮得漂漂亮亮的出现在社交圈里，那么在众多的妇人面前一定毫不逊色。想到这一点，我不由产生出一种难以言喻的自豪感。

如前所述，我在学生时代就没有什么特别亲密的朋友，迄今为止又尽量避免无谓的交际，清静地生活，但是，这绝不意味着自己讨厌出入社交界。虽然我生在乡下，不会说好话，与人交往直来直去，不会要小聪明，因而不愿主动进入社交界，然而正因为如此，心中就更加崇尚华贵显赫的社交生活。原本我娶娜噢宓为妻，就是想把她打扮成花枝招展的夫人，每天带着她出入各种场所，让世上那帮家伙们艳羡，让他们在交际场合说出“尊夫人多么漂亮、多么时髦”之类的赞誉。由于心中这样的勃勃野心始终在活跃，所以不想老是把她关在“鸟笼”之中。

娜噢宓告诉我，那个教舞蹈的俄国人叫阿列克桑德拉·舒列姆斯卡娅，是一位伯爵夫人。她的伯爵丈夫在革命洪流中失踪，两个孩子如今不知身居何处，好不容易只身逃到日本，极度贫穷，现在开始教授舞蹈生活。娜噢宓的音乐老师杉崎春枝女士为她组织了一个俱乐部，那个叫浜田的庆应义塾大学的学生是俱乐部的干事。

练习跳舞的地方在三田圣坂一家名叫吉村的西洋乐器商店的二楼，俄国夫人每周一和周五两次教课，会员在下午四点到七点之间，根据自己的安排定时前来，一次学一个小时，学费每人每月二十圆，并规定每月需提前支付。我和娜噢宓两人学，每月要付四十圆，再怎么说教师是洋人，开价也贵得惊人。娜噢宓的见解是学交谊舞如同日本舞蹈，是一种奢侈的消费，收这点学费是理所当然的；再说学习舞蹈，精明一点的人一个月就能学会，不够灵巧的三个月也能学会，也不算贵到哪里去。

“最主要的还是可以帮助那位舒列姆斯卡娅夫人，她太可怜了，过去的伯爵夫人如今落魄到这等地步，让人怜悯。听浜田说，她的舞跳得棒极了。不光是交谊舞，有人要学的话，她连舞台的正规舞蹈也会教。日本专跳舞蹈的艺人们跳得都很糟糕，下三滥，能跟夫人学舞是最最理想的。”

她对不曾谋面的夫人相当偏袒，连连为她宣传，俨然摆出一副精通交谊舞的内行模样。

就这样，我和娜噢宓决定一起入会，每周一和周五，待她学完了音乐，我下班后直接在六点之前赶到圣坂的乐器商店。第一次是下午五点，娜噢宓在田町站与我会合，然后两人一起去乐器店。那家商店位于一个坡道的半当中，是个店门显得狭窄的小店。走进店内，看到狭小的店面摆满了钢琴、风琴、留声机等各种乐器。二楼的舞蹈练习看来已在进行，传来吵闹的脚步声和留声机播放的伴舞音乐声。在上楼的阶梯口，有五六位庆应大学的学生在啰啰嗦嗦地交谈，他们紧盯着我和娜噢宓看，叫人很不舒服。

“娜噢宓小姐!”

这时有一个人大声叫她，好像与她很熟悉。一看原来是那伙学生中的一人，他腋下夹着一个日本月琴似的扁平乐器——应该叫曼陀林吧，合着舞曲叮叮咚咚地拨响琴弦。

“你好哇!”娜噢宓的应答没有女人味儿，而是一派学生腔。“怎么啦？阿熊，不学跳舞吗?”

“我可不学。”这个被叫作阿熊的男生嘻皮笑脸地把曼陀林放在货架上说，“那种舞蹈。我就免了吧。一个月要收二十圆，简直就是敲诈嘛。”

“不过，从头开始学，这点费用还是要的。”

“说什么呀，反正过一阵大家都能学会的，到那时逮住他们来教我们。跳舞这玩意儿，学两下子就足够了，怎么样，我够精明吧?”

“阿熊可真狡猾，精得过头了。哎，阿浜在上面吗?”

“嗯，在的。你去看看吧。”

这家乐器店看来是周边学生的“聚集”处，娜嗅宓也不时会上这儿来，连商店的店员们都认识她。

“小娜啊，这帮学生都是干啥的?”

我在她的带领下边上楼边打听。

“他们都是庆应大学曼陀林俱乐部的成员，说话比较粗鲁，人并不坏。”

“都是你的朋友吗?”

“谈不上是什么朋友，不过我有时来这儿买东西，就跟他们混了个脸熟。”

“学跳舞的，多数都是他们那些人吗?”

“这个我就不很清楚了。……不会吧，恐怕大多数还是比学生年龄更大的人……上去看就知道了。”

上楼后，见舞池就在走道边上，“一、二、三”踏着舞拍子正在练习的五六个人映入眼帘。两间打通的日式房间铺上了地板，以便穿着鞋进去。那位叫做浜田的男生在屋内匆匆忙忙地跑来跑去，往地板上撒上细细的滑石粉，大概要使地面更加光滑。现在还处在昼长夜短的炎热时节，耀眼的夕阳从西侧的窗户中照进屋来，一个身穿白色乔其纱上衣和藏青色哔叽裙的女士站在两个房间的连接处，背部印染着淡红色的晚霞。不用说，她就是舒列姆斯卡娅夫人。乍一看不过三十岁的年纪，不过从她已有两个孩子的经历推算，她的实际年龄恐怕应有三十五六岁了吧。她的面容庄重严肃，具有贵族的威严。其威严来源于苍白得令人害怕、清湛的神色。然而，从她那凛然严峻的表情、优雅潇洒的服饰和胸前手指上闪烁的宝石，怎么也看不出她是一位生活困顿的落魄者。

夫人单手持有教鞭，眉头紧皱，略显不悦地盯着学员们的脚步，“一、二、三”——俄国人的英语，把“three”发成“tree”——她的声调平静，却不失威严，她反复数着拍子。学员们排成一列，随着她的口令，踩着不正确的舞步走来走去，活像一个女军官在操练士兵，使我想起在浅草金龙馆看过的一场叫《女兵出征》的电影。学员中有三位身穿西服的年轻男士，好像不是学生，另外两位看来是刚出校门的大户人家的小姐，穿着和服裙裤，装束质朴，她们和男生一起认真练习，举止正派，给人良好的印象。

夫人发现有人踏错舞步，会大声尖叫“No!”，然后走到那人身边给他示范，若总是学不会并频频出错时，她就“No good!”地嚷起来，用教鞭抽打地板，或者向那个学员的脚上毫不留情地抽去，不管他是男学员还是女学员。

“她教得很投入，就得那样严格才行。”

“是啊，舒列姆斯卡娅老师可认真了，日本人的老师可不会那样。西方人哪怕是妇女也一样，做事一丝不苟，令人敬佩。而且这样一上就是一两个小时，中间没有休息，持续坚持。这么酷热的天气，实在不容易。我想买冰激凌送她，她说上课时间不吃东西，坚决拒绝。”

“她这样不累吗，倒还挺得住。”

“西方人的体质好，和我们不一样。……不过想起来也挺值得怜悯的。原本是位伯爵夫人，过得自由潇洒，由于碰上革命，才不得不干这一营生……”

我俩坐在隔壁休息室的沙发上，一边看着舞池中的练习，一边听那两位对老师心生敬佩的妇女闲聊。其中一位约莫二十五六岁，嘴大唇薄，圆脸上一对金鱼水泡眼，头发从额际到头顶整个儿高高隆起，宛如刺猬撅起的臀部。鬓角插一个很大的白色玳瑁发簪，埃及花纹的盐濑横棱纺绸的宽幅腰带上别着翡翠的带扣。她对舒列姆斯卡娅夫人的境遇深表同情，不时对她赞不绝口。在她身边随声附和的另一位女士因为出汗，脸上厚厚的白粉变得斑斑驳驳，露出皱纹细密的粗糙肌肤，看上去近四十了吧。不知是天生的还是故意做出的，扎成一束的红头发乱蓬蓬地卷曲着，她身材清瘦颀长，虽然衣着花哨，但像是个干过护士的人。

包括这对妇人在内，大家都在谦恭地等待自己进场的时间，其中有的人大概已经学过基础舞步，相互挽着胳膊在角落里练舞。干事浜田不知道是夫人的代理呢，还是主动充当这一角色，时而陪女士们跳舞，时而更换留声机里的唱片，东奔西跑的异常活跃。女士们另当别论，来学舞蹈的男士们究竟属于社会上何等阶层的人物？经观察，我奇怪地发现只有浜田穿着时髦，其他人身穿土里土气的藏青色西服三件套装，月薪恐怕相当微薄，且大都不够机灵。他们的岁数都比我小，只有一位三十来岁的绅士。他穿一身晨礼服，戴一副金丝边框厚眼镜，留着过时的奇妙的八字须。好像他学得最差，引起夫人多次大吼“No good!”，对他猛抽教鞭。每次他都贼忒兮兮地傻笑，重新开始“一、二、三”的踏步。

像这种男人，一把年纪了，为何还要学习跳舞？不，其实，自己不也和他们一样吗？就是略有不同，我这个未经大世面的人，一想到如若当着这么多女士之面遭到洋人怒斥的时刻，再怎么说是陪同娜噢宓前来，眼前的场景也使我不由沁出一身的冷汗，极其害怕轮到自己的上场。

“您好，欢迎，欢迎！”

浜田一连跳了两三首舞曲，用手绢一边擦着长满粉刺的额头，一边走近我们身边：“哦，上次失礼了。”

今天他显得颇为得意，重新跟我打了招呼，又转向娜噢宓说：“这样的大热天，难得你们光顾……你带了扇子吗？借我用一下，这助理的活计真叫人够呛。”

娜噢宓从腰带间取出扇子递给他。“不过，阿浜跳得不赖呀。有资格当助理。什么时候开始学的？”

“我嘛，已学了半年了。不过你很机灵，很快就会学会的。交谊舞以男子为主，女的只要跟着转就行。”

“这里来跳舞的男子大都是些什么人？”我问。

“您问他们吗？”浜田礼貌地回答，“这些人基本上是东洋石油株式会社的职员。杉崎老师有亲戚是该公司的董事，听说是他介绍过来的。”

东洋石油的公司职员与交谊舞——多么奇妙的组合！

我再问：“这么说，那边那位留胡子绅士也是公司职员吗？”

“不，他不是，他是医生。”

“医生？”

“是啊，他是公司里的卫生顾问。他认为跳舞是一项很好的健身运动，所以专门为此而来的。”

“真的吗？阿浜。”娜噢宓插嘴问，“跳舞真能健身吗？”

“哎，当然能。跳舞就是冬天也会出汗，衬衣湿漉漉的，作为一项运动的确很好。更何况舒列姆斯卡娅的指导，练习得那么猛烈。”

“那位夫人懂日语吗？”

我打先前起就对这个问题放心不下。

“不，日语基本上不懂，平时都说英语。”

“英语么……要说英语，我就很差劲……”

“别那么说，大家都差不多的。舒列姆斯卡娅夫人说得也很糟糕，比我们说的还差，一点不用担心。再说练习跳舞，不用说话，只要一、二、三地掌握节拍，其他就靠动作姿态来理解了……”

“哟，娜噢宓小姐，什么时候来的？”

叫她的就是那位头上插着白色玳瑁簪子的金鱼水泡眼的女人。

“啊。老师。……她就是，杉崎老师。”娜噢宓说着，拉上我的手朝女士所在的沙发处走去。

“老师，向您介绍，他叫河合让治……”

“啊，是吗……”娜噢宓满脸通红，杉崎女士不必细问就心领神会。她站起身来，点头打了招呼。“初次见面，我是杉崎，欢迎您来。……娜噢宓小姐，把那椅子搬到这儿来。”

然后她又回过头来对我说：“请坐一会儿吧。虽说马上就会轮到您，但一直站着等候，会很累的。”

“……”

我记不清当时说了些什么，大概只是含含糊糊地敷衍了几句。我对这帮抑扬顿挫地说起“我”来的女人感到最难应付，而且，我和娜噢宓的关系此刻该如何向杉崎女士解释，娜噢宓究竟向这位女士暗示到什么地步，由于疏忽，这些都忘了向她询问，于是乎，我显得更加慌乱。

“我来为您介绍。”杉崎女士对手足无措的我毫不介意，指着鬈发妇人说，“这一位是横滨的詹姆斯·布朗先生的夫人。……这位是大井町电器公司的河合让治先生……”

原来如此，这女人是外国人的妻子，如此说来，她是比护士更像洋人的小老婆类型的女人。我的行礼显得更加拘谨。

“对不起，您是第一次来学跳舞吗？”

鬈发女人立刻逮住我开聊，她装腔作势地用英语说的“第一次”语速很快，“嗯？”我没听清，只是张口结舌。

“是第一次学。”杉崎女士从旁替我回答。

“是这样啊。不过，怎么说呢，男士要比女士学起来更难，更，更……可只要开始学，总会马上……怎么说呢……”

这位女士的英文发音又叫我听不明白，她的“更……更……”，仔细辨别原来是“more more”的意思，还把“gentleman”念成“genteman”、“liter”念成“lirule”，在所有的话语中加进这种发音的英语。日语的重音也发得怪声怪调，三句话里就带上一句“怎么说呢”，而且口若悬河，没完没了。

接着她又谈起舒列姆斯卡娅、交谊舞、语言学、声乐的话题……贝多芬的奏鸣曲、第三交响曲、某某公司的唱片比某某公司的好或者差云云。我百无聊赖地默默地听着，接着，她又转向杉崎夫人滔滔不绝地大侃起来。从她俩的交谈推测，这位布朗夫人是跟着杉崎女士学习钢琴的弟子。这种场合，我缺少“先告辞了”这类见好就收、及时撤退的机灵，夹在这对妇人之间不得不洗耳恭听她们的饶舌，只能哀叹自己倒霉。

过了一阵，包括胡子医生在内的石油公司那伙人学完后，杉崎女士把我和娜噢宓领到舒列姆斯卡娅夫人跟前，以极其流利的英语按照西式的习惯先介绍娜噢宓，再介绍我，当时她称娜噢宓是“河合小姐”。我内心饶有兴趣地观察娜噢宓会用何种态度应对洋人，然而，平时自恃不凡的她在俄国夫人面前确实显得狼狈，夫人说了一两句，威严的眼角泛出微笑，伸出手来，娜噢宓满脸彤红，一声不吭、战战兢兢地与夫人握了手。轮到我的时候显得更加拘谨，说句老实话，我根本无法仰视夫人那灰白、雕刻似的轮廓分明的脸庞，默默低垂着脑袋，轻轻地握了握她的手，只见她手上的钻戒上无数颗细小的钻石正闪烁着光泽。

九

想必各位读者已经知晓，本人虽是土头土脑的乡下人，但兴趣却喜好时髦，凡事均模仿西方。如果我拥有充足的金钱，可以随心所欲地行事，或许我会去西方国家生活，娶个西方女人为妻。然而，我的境遇不允许我那么做，所以只能在日本人中间找个有几分洋人长相的娜嗅宓做老婆。此外，即便很有钱，我在男子汉的风度方面也缺乏自信。我是个身高才五尺[①]二寸的小个子，肤色黑黢黢的，牙齿七歪八扭，若是娶个人高马大的洋人当老婆，实在有点过于缺少自知之明。日本人还是找个日本老婆，娜嗅宓这样的姑娘对我而言真是再合适不过的了，想到这一点，我也就心满意足了。

——然而，话虽这么说，能接近白色人种的妇女，对我来说不仅是一种喜悦，还是一种荣光。说真的，我恨自己不擅交际，缺乏语言才华，以为这一辈子兴许都不会再有与洋女人接触的机会而断念。偶尔去观摩洋女人演的歌剧和电影，熟悉演员们的脸蛋，内心做梦一般憧憬着她们的美貌秀色。没想到学跳舞居然让我有了接近洋女人的机会——何况还是一位伯爵夫人。哈里逊那样的老太婆另当别论，我有与西方妇女握手的“荣幸”是有生以来的第一次。当舒列姆斯卡娅将她那“白皙玉手”向我伸出的时候，我不由心头一阵激跳，一时间犹豫要不要与她握手。

即便是娜噢宓的手，也柔美有光泽，手指纤长，不可谓不优雅。但夫人的“玉手”给我的印象不像娜噢宓的那样纤细娇嫩，手掌厚实丰腴，手指亦纤纤细长，却没有柔弱单薄的感觉，是一只既“肥”又“美”的手。她手上戴着的戒指大如眼球，闪闪辉耀，要是戴在日本人手上准会令人讨嫌，但在夫人手上就显得纤丽娇柔，平添奢华高雅的情趣。另外，与娜噢宓最大的不同在于肤色的白皙，她雪白的肌肤下青紫色的血管就像大理石上的斑纹，通透绝伦。以往我总爱赏玩娜噢宓的纤手，常常予以赞扬：“你的手真漂亮，活像洋人那样白净。”现在看来，二者相比，还是令人遗憾地感到有所区别。娜噢宓的白净并不清澈，与夫人相较还会有紫黑的感觉。另有一点引起我注意的是夫人的指甲，她的十指指甲宛如集在一起的相同的贝壳，发出樱红色的闪亮光泽。而且，或许是西方的流行，指甲顶端都剪成了尖尖的三角形。

前面已经提到，娜噢宓和我并排站立时，她比我矮上一寸，夫人在西方人中算是小个子，但仍比我高，也许是她穿着高跟鞋的缘故，和她一起跳舞时，我的脑袋正好够着她袒露的胸部。

夫人的手臂绕到我的后背，说一句“Walk with me!”，开始教我学走舞步。我十分小心地避免自己黑乎乎的脸碰到她的肌肤。她那细腻光滑的肌肤，对我而言，只要远远眺望观赏就心满意足了，连握一下她的手都会觉得不好意思，何况现在被她拥在只隔有一件

① 日本计量单位中的一尺约为 30.3 厘米。

柔软薄衣的胸前，我很不自在，就像犯了什么禁忌似的，很不自在，担忧自己的呼吸有臭味儿，汗涔涔、油腻腻的手会给她带去不快，即便偶尔她有一根头发掉下来，也会让我打个寒战。

不仅如此，夫人的身上还散发出一种甜蜜的气味。

“那女人的狐臭很厉害，相当难闻哟!”

后来我听到那些曼陀林俱乐部的学生讲她的坏话。西方人有狐臭者甚多，夫人看来也不例外，为了掩盖，她一直注意喷洒香水。但是我绝不讨厌这种香水和狐臭混杂的酸甜气味，反而觉得其有一种难以言喻的蛊惑力，它令我想起大洋彼岸未曾谋面的遥远国度以及世间最最精巧的异国花园。

“啊，原来这就是来自夫人玉体的香味呀。”

我总是贪婪地嗅着这种香气，沉醉于恍惚之中。

我这等生来笨拙的男人原本与热烈欢快的交谊舞氛围是格格不入的，虽说是为了娜噢宓而来，可为什么之后会乐此不疲，一学就是一两个月呢？——在此我斗胆自白，这一切都因为舒列姆斯卡娅夫人的存在。每个周一和周五的下午，被拥在夫人的怀里跳舞，那短短的一小时，不知不觉之中已成为我最大的乐趣。来到夫人跟前，我竟然将娜噢宓忘得一干二净。这一小时宛如芳醇浓烈的美酒，只能令我沉醉。

“真没想到让治跳得这么起劲，我还以为你很快就会厌烦的……”

“为什么?”

“你不是说过自己学不会的吗?”

一说起这个话题，我总觉得有点对不起娜噢宓。

“原以为学不会的，跳起来还觉得挺愉快的。按照那个医生的说法，跳舞还是很好的健身运动。”

“所以我让你什么也别想，先去跳了试试看。”娜噢宓并不知道我内心的秘密，笑着说道。

经过相当一段的练习，我们觉得跳舞技能学得差不多了。那一年的冬天，我们第一次到银座一家名叫黄金国的咖啡馆去跳舞。当时东京的舞厅并不多，除了帝国饭店和花月园之外，一些咖啡馆也开出此项业务。不过，帝国饭店和花月园都以外国人为主，听说对舞者的服装、礼仪颇为讲究，所以觉得先去黄金国比较合适。这是娜噢宓听到传闻后提出“务必去跳一次”的，而我呢，还不具备在公众场合跳舞的胆量。

“那可不行，让治!”娜噢宓对我瞪着眼睛，“别说这种不争气的话。交谊舞再怎么自己练也不会长进的，只有厚着脸皮和大伙儿一起跳才会进步。”

“你说得对，可我的脸皮没那么厚啊……”

“那好，我就一个人去。……我去邀阿浜或阿熊他们一起跳。”

“阿熊就是上次曼陀林俱乐部的男孩吗?”

“是啊，他一次也没有学过，可是不管那儿他都去，和谁都跳，近来已经跳得很不错了，比让治跳得好多了！所以脸皮不厚是不行的。……去吧，我陪你跳。……好啦，求求你，一起去吧。……好孩子，好孩子，让治真是个好孩子!”

最后我们说定一起去跳。接着又久久地商讨“穿什么衣服去”。

“我说让治呀，穿什么衣服好呢?”跳舞之前的四五天起，她就闹开了，把所有的衣物拖出来，一件一件地审视。

“哎，那件就可以啊。”最后，我感到厌倦，敷衍了事地回答。

“这件吗？穿这件感觉怪怪的吧。”她在镜子前不停地转圈，“好怪，不行！我不喜欢这种式样。”

说完，她马上脱下衣服扔到一旁，像对待纸屑一样用脚把衣服踢开，衣服皱成一团，又拿起下一件穿上，但总是这件不满意，那件也不合适。我料她会说：“让治，给我做一件新的吧！”

“去跳交谊舞得下决心做一件亮丽的服装，这些衣服都凸显不出来。好了，做一套吧，反正今后经常会出去的，没一件像样的衣裳可不行。”

那时候，我每月的收入已经难以满足娜噢宓奢侈的生活了，我在用钱方面历来精打细算，独身时每个月都定下零用钱的金额，多余的钱哪怕不多也会存进银行，所以与娜噢宓成家的时候还相当优裕。而且，虽然我与娜噢宓堕入情爱生活，但公司的工作方面却丝毫不敢懈怠，依然是一位勤勤恳恳的模范职员，上司对我越来越信任，月薪在不断增加，加上每半年一次的奖金，平均一个月可得四百圆，要是两人过日子理应相当宽松，但为何还是不够花呢。细算起来，每月的生活费保守估计也要二百五十圆以上，有时得花三百圆。其中房租需要三十五圆——过去的二十圆四年间上涨了十五圆。在扣除水电煤的费用和西服洗衣等各种杂费后，剩下的二百圆左右，多则二百三四十圆，都怎么花的呢？大部分都用来吃掉了。

说来也并非不可思议，起初娜噢宓只需一份牛排就心满意足了，可渐渐的嘴巴变得日益刁钻，一日三餐，每次都说“想吃这个”“想吃那个”，其奢华的要求与年龄全然不符。对于购买食材自己做饭又嫌麻烦，基本上都到附近的饭馆订菜。

"哎呀，真想吃点儿美味啊！"

无聊时，这话已成了她固定的说辞。过去只喜爱西餐，近来新花样迭出，三次中有一次会说"想吃某某餐馆的浓汤""想尝尝某某店的生鱼片"，实在有点出言不逊，不知斤两。

中午我在公司就餐，娜噢宓一人在家吃，这样反而导致她放开手脚奢侈消费，晚上下班回家，经常看到厨房的一角放着外卖店的餐盒及西餐馆的容器。

"小娜，你又叫外卖了。你这样每天叫餐馆送饭菜很费钱的！一个女人每天这样干，太浪费啦！你好好想想。"

听我这样抱怨，娜噢宓一副若无其事的模样。"正因为一个人吃才叫外卖的嘛。做饭多麻烦！"她故意气呼呼地仰卧在沙发上。

如此铺张我的财力是难以为继的。光是订菜倒也罢了，有时她连饭也懒得烧，叫店里一起送来。于是一到月末，鸡肉店、牛肉店、鳗鱼店、点心店、水果店一起送来账单，金额高得叫人咋舌，怎么也不明白她竟然能吃掉这么多的东西。

仅次于伙食费的是洗熨费。娜噢宓连一双袜子都不愿自己洗，脏衣服一概送进洗衣店。有时我责备几句，她动辄叫嚷："我不是女佣！"

她还说："要是整天老洗衣物，手指就会变粗的，怎么再弹钢琴呢？让治是怎么对我说的？你不是说我是你的宝贝吗？宝贝手指变粗后又该怎么办！"

刚开始同居时娜噢宓还是做点家务的，也会上厨房干活，不过大概也只坚持了一年半载而已。现在不洗衣物倒也算了，最叫人难受的是家中一天比一天脏乱差，变得污秽不堪。脱下的衣服到处乱扔，吃剩的残羹剩饭随意弃置，用过的盘碗筷碟、没有喝尽的茶杯茶碗、肮脏的贴身衣物，任何时候都能见到。地板上、桌子椅子上，没有一处不积满灰尘，而那块特地购置的印度印花布窗帘早就失去了昔日的风采，变成黑乎乎的煤灰色，曾经喜气洋洋的“小鸟笼”似的童话之家，情趣大异。一进屋，扑鼻而来的就是这房间里特有的臭味，我再也难以忍受，于是对娜噢宓说：“行了，我来打扫一下，你到院子里去吧。”

我开始又扫又掸，可是越打扫垃圾越多，东西扔得到处皆是，想拾掇也无从下手。

没有办法，也雇请过两三次女佣。可是来干的女佣都被这里的情况惊呆，一一离去，没一个坚持干完五天的。首先我们在这儿住时并未打算雇用人，没有安排女佣睡觉的地方。而且女佣来了之后，我们俩的眉来眼去不便进行，连偶尔的调情也觉得拘束。再说新增了干活的人手，娜噢宓越加刁蛮起来，横竖什么也不干，对女佣颐指气使、任意差遣，甚至指派女佣去餐馆订外卖，反而比过去更加方便，也更显奢侈。结果，我们觉得雇女佣实在很不经济，又妨碍我们俩日常的“嬉戏”，女佣会有所顾忌，我们也不想请对方再待下去。

我们每个月就得有这些花销，本来还想在余下的一百圆或一百五十圆中，每月存上十圆二十圆的，然而娜噢宓花钱厉害，根本存不了一分钱。她每月一定要做一件新衣裳，无论是薄毛呢还是铭仙绸，面料和衬里一起买，可是，她自己不做，请裁缝的手工钱得花上五六十圆。做好的衣物，若不满意，就塞进壁橱穿也不穿；而称心如意的就一直穿到膝盖上露出破洞。所以，她的衣橱里塞满破旧褴褛的旧衣裳。再说说她木屐的奢华：她有草屐、低齿木屐、高齿木屐、晴天用矮木屐、双带木屐、外出木屐、家内木屐……一双金额从二三圆至七八圆，几乎每十天就要买一双，累积起来实在要花不少钱的。

“你这样老穿木屐，我可吃不消，不能改穿鞋吗？”

过去她爱像女学生那样穿着裙裤和鞋子外出，可近来去学跳舞也会打扮入时，矫揉造作地走步，还说：“别看我这样，我可是个地道的东京人，衣着打扮姑且不论，木屐穿得不正宗，怎么也会于心不安的。”

听起来，是把我当作了乡巴佬。

娜噢宓的零花钱包括听音乐会、电车票、购教科书、杂志小说……每隔三天就得给她三五日圆。此外英语和音乐的学费二十五圆必须每月支付，我每月四百圆的收入要承担以上负担实属不易，甭说储蓄，反倒时不时要取出存款来贴补开销，单身时积攒的那点钱逐渐化为乌有，而且，钱要花起来就像流水，这三四年间已将积蓄全部用光，如今变得身无分文了。

再说，像我这种男人不擅举债，每当账单一到，不如期支付就会觉得心里不安。一到年关更是备尝艰辛，日子难熬。有时我会责备说：“像你这么花钱，我连年关都过不去！”即便如此，她还是会顶嘴：“过不去的话，让他等等不就成了。”

或者说：“……我们在这儿一住就是三四年，还不让我们过年关，简直是岂有此理！说是每半年付一次，任何地方都有宽限的。让治你呀，胆小死板，这怎么行啊？”

娜噢宓买东西全用现金，按月分期付款的则欠账，等到我发了奖金后再缴付，但她却不愿意去说明为何要缓缴。

“我讨厌去解释，这是你们男人的事儿。”一到月底，她就会突然不知跑到哪儿去。

所以可以说，我为娜噢宓贡献了自己所有的薪金，为了让她打扮得更美丽动人些，为了让她花钱更随心大方、不必太过吝啬，也为了让她无拘无束地成长——这本来就是我的初衷，虽然我嘴上一个劲地抱怨财务困难，实际上却一直在宽容她的奢侈。如此一来，只能在其他方面节俭，幸好我自己不花一点交际费，即便偶尔有公司方面的聚会，我也是能溜则溜，哪怕欠下人情。此外我还果断节省自己的零花钱、衣着费和饭钱，每天上下班乘坐的国营省线电车，为娜噢宓买二等列车的月票，而自己只买三等车票对付。娜噢宓嫌做饭麻烦，老叫外卖开销太大，我还会自己做饭炒菜。然而，这么一来，娜噢宓又不满意了。

“一个大男人，别老窝在厨房里干活，成何体统!”

“让治呀，你别一年到头穿一样的衣服，能不能打扮得体面些?我讨厌光自己打扮得漂漂亮亮，而你穿成那样，两人怎么一起出门?”

倘若不能与她一起上街，我便没有其他任何乐趣，所以我只能去做了一套“体面的”服装，而且与她同行时也得乘坐二等车厢，也就是说，为了不损伤她的虚荣心，我就得陪着她挥霍。

由于以上的原因，我正穷于筹措安排资金之时，又要支付舒列姆斯卡娅的四十圆的学费，若还要给娜噢宓添置跳舞的衣裳，真叫我一筹莫展。不过，娜噢宓却听不懂我的苦衷，那时正好是月底，我的兜里还有一点现金，她非逼我掏出来不可。

“可现在就花掉这点钱，马上就到的年关怎么过呀?”

“怎么过，总会有办法的。”

“总会有办法，什么办法? 什么办法也没有哇!”

“那你说，我们究竟为什么要学跳舞? ……好啦，既然这样，明天起我哪儿都不去了!”

说着，她的大眼睛里噙满泪水，恨恨地瞪着我，再也不说话了。

“小娜，你生气了吗? ……哎，小娜呀……转过身来。”那天晚上，我上床后，娜噢宓背对着我装睡。我摇着她的肩头说：“好啦，小娜。朝这边转过身来嘛……”接着，我的手温柔地搭在她身上，像为盘中鱼儿翻身那样，把她的身子拉着翻转过来，她的柔软的身体柔顺地朝向我，眼睛半睁半闭。

“怎么啦? 还在生气吗?”

“……”

“哎，我说……别再生气了，总会有办法的……”

“……”

“喂，睁开眼来，眼睛……”

说着，我把她睫毛微微颤动的眼睑拨开，贝肉似的从眼睛里露出的眼珠直视着我，全无睡意。

“用我的那些钱给你买，行了吧……”

“用掉后你怎么办呀?”

“怎么办? 想方设法呗。”

“你打算怎么办?”

“给老家说明情况，让他们寄点钱来。”

“他们会寄来吗?”

“嗨，当然会寄来。迄今为止我没向家里开过一次口，老妈一定知道我们成家后会有许多开销的。”

“是吗，不过，这么做是否会对不住妈妈?”

娜噢宓一副过意不去的口气，但实际上我隐隐约约地察觉她心里早有“问乡下要点钱”的念头，由我嘴里讲出来，真是正中下怀。

“不会的，这又不是什么见不得人的丑事，不过我过去的观念是不愿意那么做，所以才从未要过钱。”

“那你为什么要改变自己的观念?”

“因为刚才看到你的泪水，心生怜悯啊。”

“是吗?”娜噢宓的胸脯如波涛起伏，脸上浮现出羞涩的微笑，“我真的哭了吗?”

“刚才你不是满眼噙着泪水，赌气说哪儿也不去了吗?你呀，总是个长不大的磨人精、大娃娃……”

“我的小爸爸呀，可爱的小爸爸!”

娜噢宓突然紧紧搂住我的脖子，用她的朱唇像邮局盖邮戳那样在我的额头、鼻子、眼睑、耳背，在我脸上的所有地方密密匝匝地猛亲一气，而我呢，就像无数瓣沾满玉露的湿漉漉、沉甸甸的山茶花瓣温柔地飘落下来，令人充满快意，我觉得自己的头颅沉浸在花瓣的梦幻般的芳香之中，其乐陶陶。

“你怎么啦，小娜!像疯了一般。”

“啊，我是疯了!……今夜我要爱你爱到疯狂。……你还会嫌我麻烦吗?”

“怎么会嫌你麻烦呢？我太高兴了，高兴得要发疯了。为了你，我作任何牺牲都在所不辞。……哎，你怎么啦？又哭了？”

“谢谢，我的小爸爸。我在感谢小爸爸，所以会自然而然地流泪。……你明白吗？我不该哭吗？不该哭的话，请帮我擦去眼泪。”

娜噢宓从怀里掏出纸巾，自己不擦，而是放在我的手心里，眼睛久久地注视着我，在让我擦泪之前，她的泪水又涌现出来，在眼睫毛周边打转转。嗬，这是一双何等润洁晶莹、美丽动人的眼睛啊！心想能否将这美丽的泪珠原封不动地凝结起来加以收藏，我想替她擦去泪珠，每次眼皮张弛之时，她的泪珠被揉成各种形状，有时像凹面的镜片、有时像凸面的镜片，最后竟扑簌簌地崩落下来，在我一度为她擦净的脸颊上留下一道道光亮的泪痕。于是，我再次将她的脸擦净，抚摸着她那濡湿的眼睛，随后，将纸巾按在她轻轻抽泣的鼻孔上。

“来。擤一擤鼻子！”

她“嗤——”地擤着鼻子，我一次又一次地为她擦净鼻涕。

翌日，娜噢宓问我要了二百元，独自去了三越百货店。我在公司午休时，首次给母亲写了一封要钱的信。

……近来城里物价奇高，与两三年前大不相同，令人惊异。虽不敢奢华铺张，然每月依旧捉襟见肘，都市生活颇难为继……

我记得信中是这样写的。一想到自己居然狗胆包天，对母亲如此巧舌如簧地编造谎言，不禁深感惶恐。然而，母亲对我相当信任，对儿子心爱的媳妇娜噢宓也充满慈爱之心，这从两三天后收到的回信中便可一目了然。同时她在我要求的汇款里还多加了一百圆，并嘱咐说：“给娜噢宓买些衣物。”

十

一个周六的晚上，黄金国咖啡馆的舞会将在七点半开始。下午五点从公司下班回家，见娜嗅宓已经洗完澡，正光着身子忙于化妆。

“啊，让治呀，我已经化好妆了。”

她从镜子里一看到我，就朝后伸出一只手，她指向的沙发上，包袱敞着口，里面是让三越百货店加急赶制的和服和宽幅腰带，摊放成长条状。和服是夹衣，边缘处都用双层棉布料做成，面料好像采用了金线织锦缎子，黑红的底色上散落着星星点点的黄花绿叶般的图案。腰带上用银丝线绣有几道摇动的波纹，上面浮着几艘游船一般古色古香的小舟。

“怎么样？我的选择不赖吧。”

娜嗅宓的双手沾满融湿的白粉，手掌从左右两侧噼噼啪啪地拍打着热气腾腾的丰腴的肩胛和颈项。

不过，说句老实话，她那肩膀宽厚、丰乳肥臀的身材，穿着此类轻薄柔软如水材质的衣裳并不合适，倒是穿上薄花呢子或铭仙绸做的服装，更能突显出她混血儿姑娘所具有的异国情调之美。不可思议的是，她一穿上这种正经的和服，反而变得俗不可耐，花纹越俏丽越令人感到粗鲁猥琐，活像横滨一带小妓院、小酒馆里的女人。见她如此洋洋自得，我便没有提出异议。一想到即将与这个打扮刺眼的女人一起乘电车、进舞厅，不禁感到不寒而栗。

娜噢宓穿好衣服后说："来，让治就穿这套藏青色的西服吧。"

她难得为我取出衣服，掸去灰尘后熨烫好。

"我觉得还是穿那套咖啡色的比较好。"

"让治你真是老土啊！"她瞪了我一眼，用始终如一的语气斥责道，"出席晚宴必须穿藏青色的西服或晚礼服，衬衣领子不能是软的，要穿硬领的！这是规矩，往后得记住！"

"唉，还有这般讲究啊。"

"就是嘛，自以为时髦的人连这点都不懂，不可救药。这套藏青色西服其实很脏了，不过，西服只要挺括，没有皱纹，不走形就行。我已经帮你熨过了，今晚就穿它去吧。过一阵子你还得去做一套晚礼服，不然我是不会陪你跳舞的！"

接着，她又对我说，领带要用藏青色或黑色无花纹的，最好是用领结。鞋应穿漆皮鞋，若没有可穿普通的黑皮短靴，红色皮鞋在正式场合不能穿。袜子应穿丝袜，没有时可选择全黑的袜子……娜噢宓不知从哪儿听来的，不仅对自己的着装，连我的穿着都要发表意见，讲解指导，花了很长的时间，总算走出家门。

到达舞厅时已超过七点半，舞会已经开始进行。满耳充斥着喧嚣的爵士乐，我们走上楼梯。在搬走了食堂椅子的舞厅门口，有一男侍在收取门票。门口贴着一张告示，上面写着"Special Dance—Admission：Ladies Free，Gentlemen￥3.00"①。当然，原本这儿就

① 舞会入场券：女士免费，男士三圆。

是一家咖啡馆，作为舞厅并不高档。放眼望去，大概有十对左右的舞伴在跳舞，就这些人已经相当嘈杂热闹。房间的一头设了两排座椅，购票入场者都有自己的座位，不时可以坐在那儿一边休息，一边观赏别人的舞技。一些陌生的男女这儿坐一伙，那儿聚一堆，娜噢宓一进舞厅，他们立刻窃窃私语地议论起来，他们异样、奇怪的眼神只有这种场合才能看到，半是轻蔑，半是敌意，紧盯着花枝招展的她。

“喂，你看，那儿来了个那种女人。”

“那个陪她的男人是谁啊？”

我好像听到他们在议论，还明确意识到他们的视线不仅停留在娜噢宓身上，还注视着她身后自惭形秽的我。我的耳中灌满强烈的交响音乐，眼前晃动着群舞的人影……他们都跳得比我强得多，舞者围成一个大大的圆圈，一圈圈地转动着。同时，一想到自己只是一个不到一米六的矮个子男人，黝黑的肤色像个土著人，牙齿排列不整齐，加上这一身两年前制作的相当土气的藏青色西服，我脸上一阵火烧火燎，浑身颤抖起来，觉得这真不是自己该来的地方。

“不能老站在这里啊……应该到那头……到桌子那边去。”娜噢宓似乎也有点儿怯场，在我的耳边小声说道。

“可怎么过去呢？难道从正在跳舞的人中穿过去吗？”

“行啊，一定能……”

“要是撞到他们，那多不好。”

“当心别撞着他们就行。……你瞧，那个人不就穿过去了吗？行的，走吧！”

我跟在娜噢宓身后朝舞厅的跳舞的舞者们中间穿过，我的双腿打颤，加上地板滑溜溜的，费了老大的劲才平安到达桌边，途中有一次还差点儿滑倒，记得娜噢宓“切”的一声紧皱眉头，回头狠狠瞪了我一眼。

“哎，那边有个空位置，就坐那张桌边吧。”

娜噢宓脸皮比我来得厚，在众目睽睽之下灵活地穿过人群，在那张桌边坐下。那么期待着跳舞的她并未立刻上场，似乎有点心神不宁，从手提包里取出手镜，悄悄地补起妆来。

“你的领带歪到左边去了。”她不动声色地提醒我，注视着舞场上的动静。

“小娜，浜田君也来了。”

“别叫什么小娜！请叫小姐。”娜噢宓再次眉头紧锁，沉下脸说，“不光是阿浜，阿熊也来了！”

“他在哪儿?”

她赶紧压低嗓门，悄悄责备我用手指人是不礼貌的行为，“瞧，那边与身穿粉红色西服的小姐一起跳舞的人就是阿熊。”

“你好!”这时，阿熊也朝我们身边靠过来，越过女舞伴的肩胛冲着这边嬉笑。他的舞伴是个胖胖的女人，身穿粉红色的西装，个子高挑，伸出两只赤裸的胳膊，一头浓密——毋宁说多得讨人嫌的乌黑的头发在齐肩处剪平，又傻乎乎地烫成波浪形，再用一根缎带水平缠住。说到她的长相么，脸颊红彤彤的，眼大唇厚，细长的鼻子，脸型是浮世绘中日本式女人的瓜子脸。其实，我对女人的相貌也相当留意，但尚未见过如此奇特、不和谐的容貌。想来或许是这个女人对自己过分日本式的长相感到遗憾，所以才煞费苦心地尽量添些洋气。仔细观察，凡是裸露的肌肤上均厚厚地抹上了白粉，眼眶边用发亮的蓝绿色颜料晕着，活像刷了一层油漆。那通红的脸颊上无疑擦有胭脂，加之缠在额头上的缎带，那模样看了叫人怜悯，怎么看都像个女妖。

“喂，小娜……”我一不留神就脱口而出，又赶紧改称娜噢宓小姐，“那女人还是个姑娘么？”

“是啊，活像一个卖淫妇……”

“你认识她吗？”

“不认识，不过常听阿熊提起她。瞧，她的额头缠着缎带吧，那是因为她的眉毛长在额头上，为了掩饰才那么做的。下面的眉毛是另外画上的。嗨，你看呀，那眉毛是假的！”

“要说长相倒还算凑合，只是化妆把红的蓝的胡乱涂抹，煞是滑稽。”

“总之是个蠢货！”

娜噢宓渐渐恢复了自信，用平时惯用的骄傲、自负的口气大言不惭地说：“长相也不怎么样。让治，你觉得那女人漂亮吗？”

“算不上美女，不过鼻子挺拔，身材也不错，要是化个普通的妆容，还可一看。”

“啊呀，真叫人恶心！什么还可一看？那种长相的人比比皆是，一无是处！而且怎么说呢……为了显得洋气，精心打扮，这也罢了，可结果一点儿也不像洋人，说她像只猴子再合适不过了！”

“话说回来，与浜田君跳舞的女人好像在哪儿见过。”

“见过，那是帝国剧院的春野绮罗子呀！”

“咦，浜田君认识绮罗子吗？”

“那当然。他舞跳得好，有许多女演员的朋友。”

浜田穿一套淡咖啡色的西装，脚上穿一双巧克力色的牛皮鞋，他以巧妙、潇洒的舞步在舞者中鹤立鸡群。更加令人瞠目的是，他把脸紧贴在异性舞伴的脸蛋上，尽管这可能也是一种跳法。绮罗子身材纤小，指若象牙，苗条的身子被浜田紧紧搂着，犹如快要折断的柔软垂柳。她看上去比舞台上美丽多了，裹在身上的服装恰如其名，一身绮罗，穷极奢华，系一条宽幅礼服腰带，不知是绸缎做的还是素花锦缎做的，黑底子上用金丝线和深绿色丝线绣着龙的图案。由于女方个子太矮，浜田使劲歪着脑袋，把自己的耳朵紧贴在绮罗子的鬓角上，宛若正嗅着她头发的气味。绮罗子也相当投入，她的额头紧贴着浜田的脸颊，眼角上几乎要挤出皱纹来。虽然身体有时会分离，但两张脸始终靠在一起，上面的四只眼睛在眨动。

“让治，你知道那是什么舞吗?”

“不知道。不过好像不成体统。”

“真是的，实在下流。”

娜噢宓嘴里不屑地发出“呸呸”之声，像在啐吐沫。

“那叫贴面舞，正规场合是不准跳的。听说要是在美国跳这种舞，会被人请出舞厅。阿浜也是的，造作得太刺眼了!”

“不过，那女人也够令人作呕的。”

“就是嘛，反正是个女戏子。原本这种地方就不该让女演员入场，有她们在，真正的女士就望而却步了。”

“对于男士的着装，你对我说得也太严苛了。穿藏青色西服的人很少呀。就连浜田君的服装不也就那样……”

我一进舞场就注意到这种现象了，摆出一副对跳舞无所不知派头的娜噢宓，道听途说来一些所谓的规矩，硬是要我穿藏青色的西装，来到舞厅一看，这样穿的不过两三个人，更无一人穿晚礼服的，其他人都穿颜色各异、制作精良的套装。

“你说得也对，不过那还是阿浜的问题，穿藏青色的才正规。”

“照你那么说……瞧，那位洋人不也穿着手工纺织粗呢子西服吗？所以应该穿什么都行吧。”

“不对。不管别人如何穿，自己该穿得正规。洋人之所以会那么穿，也得怪日本人不好。再说，像阿浜那样经验丰富、舞技高超的人另当别论，像让治你这样的人要是衣冠不整，那就太丢人现眼了。”

舞场上的交谊舞一时停了下来，热烈的掌声响起。伴奏的乐队演奏停止后，不过瘾的舞者们还想再跳，于是有人热情地吹起口哨，有人跺脚要求再跳一遍。音乐声再起，停下的舞者们再次转起圈来。跳完一曲后又要求再来……反复两三次后，终于再怎么鼓掌也无济于事了。这时，男士们像护卫孩子那样跟在舞伴身后一齐走向各自的桌边，浜田和阿熊也将绮罗子和身穿粉红色西服的女子送到各自的座位，请她们坐下，礼貌地鞠躬告辞。然后，他们一起朝我们这边走来。

“嗨，晚上好！来了不少时间了吧。”浜田说。

“怎么回事啊，不跳吗？”阿熊的口气依然粗俗，他直挺挺地站在娜噢宓的身后，从上到下地细细打量她身上艳丽的盛装。“暂时没人约请的话，接下来跟我跳吧？”

“讨厌，阿熊的舞跳得太臭！”

“别乱讲啊。我不出学费，能跳到这个地步，不可思议吧？”他舒展开大蒜鼻的鼻孔，咧开嘴唇，嘻嘻地笑了起来，“天生的聪明灵巧！”

“哼，少胡吹！与那位粉红西装女子的舞姿可不敢恭维哟。”

娜噢宓对他忽然道出如此粗鲁的话语叫我感到惊讶。

“哎，那都得怪她。”阿熊缩了缩脖子，挠了挠脑袋，回头朝远处坐在桌边的粉红色西装的女人瞟了一眼，“我觉得自己已够脸皮厚了，哪想到还比不上她。她就是靠那套西服到舞厅来混的。”

“算什么呀，活像个猴子！”

“啊哈哈哈，猴子啊。说得对，她就像只猴子。”

“倒是会说，还不是你带来的？——阿熊啊，你真该去提醒她，太难看了！要想显得洋气，也不看看自己的长相。原本那张嘴脸就是日本、日本、纯种的日本女人脸！”

“总之，她那也算是悲哀的努力啊！”

“啊哈哈哈，对呀，真的可算猴子悲哀的努力。其实，即便身穿和服，有的人看上去也像洋人。”

“也就是说像你一样咯。”

娜噢宓骄傲地哼了一声，得意洋洋嗤笑着，“不错，我看上去还像混血儿呢！”

“熊谷君，”浜田好像顾虑我的存在，有点忸怩作态，他用“熊谷”这个名字来称呼阿熊，“原来你和河合先生认识啊。”

“是的，见过几次面的……”

这个被称作“熊谷”的阿熊仍然直立在娜噢宓身后，从她的椅子后面紧盯着我，向我投来令人讨厌的视线。“我来自我介绍，我叫熊谷政太郎，请多多关照……”

“他的本名叫熊谷政太郎，大伙管他叫阿熊……”娜噢宓坐着抬头仰望，“阿熊啊，你顺便多介绍自己几句，如何？”

“好吧，唉，不行。话一多就坏事……我的详细情况，请您向娜噢宓小姐打听吧。”

“哎哟，讨厌！我怎么知道你的详情啊？”

在这帮家伙的合围中我感到很不愉快，可是，娜噢宓却“啊哈哈哈”地笑得开心异常，我也只能赔着笑脸说道，“来吧，浜田君和熊谷君，到这儿坐一会儿吧。”

“让治，我口渴了，要点饮料喝吧。阿浜，你喝什么？柠檬苏打水么？”

“唉，我什么都行……”

“阿熊，你呢？”

“反正是请客，我就点兑碳酸水的威士忌吧。”

“嗬，真少见！我最讨厌喝酒的，一嘴的臭气。”

“臭怕什么！常言道：闻闻臭，吃吃香嘛。”

“你指的是那只猴子吗？”

“哟，打住。你要说她，我就知难而退了。”

“啊哈哈哈。”娜噢宓笑得肆无忌惮，前仰后合，“让治啊，叫男侍过来！……一杯加碳酸水的威士忌，三杯柠檬苏打水……不对，等等！我不要柠檬苏打水，还是果汁鸡尾酒好。”

“果汁鸡尾酒？”我没听说过这种饮品，奇怪，她怎么会知道的？

“鸡尾酒不是酒吗？”

“瞎说什么？你不懂的……我说阿浜和阿熊呀，你们都听好了，这个人就是这样的老土。”她说“这个人”的时候，用食指轻轻敲击我的肩胛，“所以和他一起来跳舞，真是傻呆了！土里土气、稀里糊涂的，刚才还差点儿滑倒。”

“那是地板太滑了。”浜田像是在为我辩护，“一开始谁都会发怵，熟悉了就会渐入佳境的……”

“那你看我怎么样？算不算已经熟练？”

“你就不谈啦。娜噢宓小姐很有气魄……算是社交的天才。”

“阿浜也是个天才吧？”

“欸，说我吗？”

“就是，不知什么时候又交上了春野绮罗子这个朋友！对不？阿熊，你说呢。”

“嗯，嗯。”熊谷噘起下唇，翘起下巴点头称是。“阿浜，你对她眉目传情了吧？”

“别逗了，我能那么干吗？”

“不过，阿浜羞红了脸自我辩解，这太可爱了，表明他的诚实之处。……阿浜呀，你去把绮罗子小姐叫来行吗？对，叫她过来，给我介绍一下。”

“什么呀，回头又被你嘲弄一番？你的挖苦讥讽，谁受得了！”

“放心吧，不会嘲弄你。把她叫过来，热闹热闹不好么？”

“那我是否把那只猴子也一起叫来？”

“啊，对了，好主意，妙！”娜噢宓回头对阿熊说，“阿熊把猴子也叫来，大伙儿一起认识认识。”

“嗯，行啊。可伴奏音乐又开始了，还是先跟你跳一场吧！”

“我不喜欢跟你跳舞，不过没法子，就陪阿熊跳一下吧。”

“你算了吧，刚刚学会就端起架子来了！”

“好，让治，我陪他去跳一场，你好好看着。回头我陪你跳。”

我觉得当时自己的表情一定颇为悲伤和奇妙。娜嗅宓一下子站起来，挽着熊谷的胳膊融入开始热烈旋转的人群中。

“哦，接下来跳的是第七号狐步舞曲吧……”

浜田和我在一起无话可说，显得尴尬。他从口袋里取出节目单，然后谨慎迟疑地站起来说，“我先失陪了，下一场已约好绮罗子一起跳……”

“好，请便，没关系……”

三人离开以后，我独自面对男侍送来的碳酸水兑威士忌、所谓的“果汁鸡尾酒”和四个酒杯，茫茫然地看着舞池里的景象。本来我到这儿来就不是自己想跳舞，无非是看看娜嗅宓出挑到什么地步、跳得怎样，所以现在这样反而觉得一身轻松。我以一种获得解放的无拘无束的心境，热切地追逐着舞动的人群中忽隐忽现的娜嗅宓的身影。

“嗯，跳得不错！……这水平已经上得了台面……那孩子这方面还挺机灵……”

每当她踮起穿着白袜子和玲珑的舞蹈草屐的脚尖快速旋转时，那华丽的和服长袖就会翩翩飞舞；每当她向前迈出舞步时，和服的门襟下摆就像蝴蝶一样轻轻跳跃翻飞。她雪白的纤指宛如手持琴拨子的艺伎那样捏着熊谷的肩膀，绚丽的腰带系在她沉甸甸的身上，她的颈项、侧脸、容颜、发际……就像一朵鲜花，在人群之中独秀枝头。如此看来，和服的确不可摒弃，而且，或许因为有那些身穿粉红色西服的着装怪诞的女子们存在的缘故，我暗暗担忧的娜嗅宓炫丽花哨的嗜好也不显得怎么卑俗了。

“啊，热、真热！我跳得怎样？让治，看我跳了吗？”

跳完一曲，她回到桌边，急急忙忙地把果汁鸡尾酒杯端到自己跟前。

“啊，看了，跳得不错，怎么也看不出是第一次上场。”

“是嘛！下面跳一步舞的时候，我陪你跳。好吗？……一步舞容易跳。”

“那两个家伙干啥去了？浜田和熊谷呢？”

“他们马上就来，去带绮罗子和猴子了……再要两份果汁鸡尾酒吧。”

“哎，对了。刚才那个粉红西服和洋人一起跳舞了。”

“是嘛，那不令人感到滑稽吗？”娜噢宓盯着杯底，咕嘟咕嘟地喝下鸡尾酒，润泽一下干渴的喉咙。“那洋人和她又不是朋友，而是唐突地走到猴子身边请她跳舞。其实这是看不起人的不礼貌行为，也不经人介绍就提陪跳要求，一定误认为她是个卖淫女之类的人。”

“那只要拒绝不就成了。”

“所以就显得滑稽呀！那猴子见是个洋人，不便拒绝，便陪他跳了。真是个傻女人，丢人现眼！”

“别这样不停地骂骂咧咧，我在一旁听了也替你捏把汗！”

“怕什么呀，我自有自己的主张——按说，这种女人只有让她听到才行，否则，对我们会造成麻烦。连阿熊也说过，她那样下去不行，应该提醒她。”

“还是由男的去说比较妥当……”

“嗨，阿浜把绮罗子带来了。女士一到，应马上站起来。……”

“我来介绍……”浜田在我们两人跟前，以士兵的“立正”姿势站定。“这位是春野绮罗子小姐……”

在这种场合，我会自然而然地用对娜噢宓的审美标准来衡量眼前的绮罗子，以判明孰优孰劣。站在浜田身后的绮罗子上前一步，举止娴静文雅，嘴角浮现出悠然自信的微笑，好像比娜噢宓大上一两岁。然而，她身材娇小、生动活泼，其青春气息丝毫不亚于娜噢宓，且奢豪华美的衣装已完全超越了娜噢宓。

“初次见面……”绮罗子垂下小而圆、可爱聪慧的明眸，微微收胸谨慎谦恭地打招呼。不愧是位女演员，她的身段体态全然不见娜噢宓的粗俗和随意。

娜噢宓的所作所为已超越活泼，变得过分蛮横草率。她讲话带刺儿，缺少女人的轻柔，还动辄流露出不雅。总之，她就像一头野兽，比较而言，绮罗子就是一件贵重的珍宝。她的言谈礼仪、精气神态、举手投足，无不洗练优雅；她谨严谦恭、敏锐知性、气质非凡，久经研磨而达到了人工的极致。譬如她就坐后端起果汁鸡尾酒杯时，我看到她从手掌至手腕都极其纤柔，似乎难以承受下垂的和服袖子那沉甸甸的分量。我多次对同时放在桌上的两双手反复审视比较，发现娜噢宓和绮罗子肌肤的白嫩细腻、色泽的光润娇媚别无二致，可两人脸蛋的风韵却大相径庭。如果说娜噢宓是玛丽·璧克馥式的美国年轻姑娘，那么绮罗子就是意大利或法国式的略带风情的幽艳贤淑的美人。同样的鲜花，娜噢宓是野花，而绮罗子则是温室里的花朵。端庄圆脸正中的小鼻子是多么的清丽秀美！倘若不是举世闻名的工匠巧夺天工的打造，就连婴儿的鼻子也不可能如此玲珑细腻。最后，我发现娜噢宓平时引以为豪的漂亮牙齿，宛若洁白珍珠一般的种子，同样齐整地排列在绮罗子红唇开启的可爱的口腔里。

就像我略感自卑一样，娜噢宓肯定也觉得自己相形见绌。当绮罗子入座后，娜噢宓一改先前傲慢张狂、冷嘲热讽的劲头，一下子沉寂下来，显得有些冷场。不过，她毕竟是个不甘示弱的女人，又是自己主张把绮罗子叫来的，不一会儿就恢复了顽皮任性的德行。

“阿浜，别不吭声呀，说点什么吧……绮罗子小姐是什么时候与阿浜交上朋友的?”娜噢宓开始搭话。

“我吗?”绮罗子睁大清澈明亮的眼睛，“就在前不久。”

“我嘛，”受到对方话语的影响，娜噢宓也用她的语调说，“刚才看到你跳舞，很不错，下过不少功夫吧?”

“哪里。虽然很早就开始学了，但总也没多少长进，我真是太笨拙了……”

“哎哟，您说得太谦虚了。阿浜，你说呢?”

“她当然是跳得好的。绮罗子小姐是在电影演员培训部正规学过的。”

“瞧您，别那么说。”绮罗子低下头，一副羞涩的模样。

“真的跳得好。这个舞厅里，男的跳得最好的是阿浜，女的就是绮罗子了……”

“哪儿的话。”

“怎么，在开舞蹈评审会吗?要说男的跳得好的，不就是我嘛！……”

这时，熊谷带着粉红西装女闯了进来。

据熊谷介绍，这位粉红西服女是家住青山的实业家的女儿，名叫井上菊子，二十五六岁了，快要过了最佳婚期。——后来听说，她在两三年前一度出嫁，由于太喜欢跳舞，最近已经离婚。——之所以选择穿露臂夜礼服，大概是想炫耀自己丰腴艳丽的肉体美，然而眼前的这个女人与其说丰腴艳丽，毋宁说是个已发了福的半老徐娘。照理说，长有这么多赘肉的身躯比起瘦小个子更合适穿西装，可最要命的是她的容貌，犹如在西洋人偶的身上安上了日本人偶的脑袋，与她的西服无法搭配。五官顺其自然也就罢了，为了尽量与自己的西服相配，她千方百计、不遗余力地在脸上胡乱加工，结果把那张脸糟蹋得叫人不忍卒睹。仔细打量，她真正的眉毛一准隐匿在额头的缎带里面，眼眶上的描眉显然是赝品，加上蓝眼圈、红脸颊、假黑痣、朱唇线、条鼻梁……脸上的任何部分都被折腾得极不自然。

"阿熊，你讨厌猴子吗？"娜噢宓突然发问。

"猴子？……"熊谷差点儿笑起来，他强忍着说，"干吗莫名其妙地问这问题？"

"我家养了两只猴子，阿熊喜欢猴子，准备送你一只如何？阿浜很喜欢猴子吧？"

"哟，您还饲养猴子呀？"菊子表情认真地问。

娜噢宓越发来劲，眼中闪烁着恶作剧的目光。"是啊，养着呢。菊子小姐喜欢猴子吗？"

"动物我都喜欢，小狗小猫呀……"

"那猴子呢？"

"猴子也喜欢。"

这样的对话问答实在太好笑，熊谷侧过身去乐得捧腹，浜田用手帕捂着嘴哧哧直笑，绮罗子也有所察觉地默默微笑。只有菊子，她好像为人老实，并未发现自己在被人嘲弄。

不久，第八场一步舞开始了，熊谷与菊子进入舞池。娜噢宓当着绮罗子的面，口无遮拦、出言不逊地说：“哼，那女人傻得可以，大概脑子进水了吧。”

“对了，绮罗子小姐，您是怎么认为的?”

“嘿，该怎么说呢……”

“嗨，她给人的印象很像猴子吧。所以我故意不停地说猴子。”

“欸。”

“别人都笑成那样，她还不明白，真是个大傻蛋。”

绮罗子的眼神半是惊讶，半是轻蔑，她偷偷地看着娜噢宓，始终以“欸”的发声来应付。

十一

“来，让治，我来陪你跳一步舞。”

我终于有幸和娜噢宓一起跳舞了。

我虽然生性羞怯，却也想在今天的舞厅检验自己的学习成果，更何况舞伴还是可爱的娜噢宓，哪有不乐意之理？哪怕自己的舞技拙劣到受人耻笑的地步，这样反而能凸显娜噢宓的出色，毋宁说那才是我的本愿。此外我还有一种奇特的虚荣心，也就是说，我希望有人议论：“看来这一位就是那女人的丈夫。”或者反过来由我充满自豪地向众人宣布：“这个女人是我的！怎么样，来看看我的宝贝。”一想到这一点，虽然有点难为情，同时也感到异常爽快，仿佛迄今为娜噢宓付出的辛劳和牺牲都得到了回报。

看到刚才娜噢宓的表现，我觉得今夜她或许不想与自己跳舞了，我的舞技不提高一点，她就不奉陪。不想跳就不跳，我也不会主动要求。就在我行将死心的时候，她却提出“我来陪你跳”，真不知道这句话使我多么的喜出望外。

我还记得自己当时就像患了热病一样，兴奋地牵着娜噢宓的手踏出了一步舞的第一步，之后达到了热衷入迷的程度。一旦忘乎所以，伴奏音乐就听不见了，舞步也走得乱七八糟，两眼昏花，心跳加速，与在吉村音乐店二楼舞蹈教室里跟着留声机音乐学习时判若两人，此时在舞厅人群的大海中航行，如何进，如何退，完全摸不着头脑。

“让治呀，你发什么抖啊？打起精神来！”娜噢宓的斥责声不绝于耳。“你瞧你，脚下又打滑了！你转身太快了，慢一点，再慢一点！”

她一说我就紧张，这儿的地板今夜因为临时改成舞厅，蜡打得溜滑，我还是在教室里练习的感觉，一不留神脚下就会立即打滑。

“你看你！不是告诉你肩膀不要扛起来嘛，放低一点，放低！”娜噢宓不时甩开我紧握住她的手，还使劲没好气地按下我的肩胛。

“切，干吗这样紧拽住我的手！这样紧贴着我，叫我怎么跳呀？……你看，肩膀又扛起来了！”

这么一来，好像我是为了听她训斥才来跳舞的。不过，她的唠叨埋怨是进不了我的耳朵的。

“让治，我不跳了！”

在大家“再跳一遍”的高声叫嚷中，娜噢宓怒气冲冲地甩下我回到座位上去了。

“啊，真叫我惊讶，根本没法跟让治一起跳。以后你好好练练再说。”

浜田和绮罗子走来，熊谷走了过来，菊子也过来了，桌边又热闹起来。我沉浸在幻想破灭的悲哀之中，默默地忍受着娜噢宓的嘲讽。

“哈哈哈哈。照你的说法，怯懦的人就更没法跳了？算了，别抱怨了，凑合着陪他跳吧！”熊谷的“凑合着陪他跳吧”这句话惹恼了我。这算什么话？把我当成什么啦？这个乳臭未干的黄口小儿！

“什么呀，其实他跳得也不像娜噢宓讲得那么差，更差劲的人不有的是嘛。”浜田说，“绮罗子小姐，怎么样？下一场狐步舞您能陪河合先生跳吗？”

“好的，请……”绮罗子点头应允，依然表现出女演员的亲和。可是我慌忙连连摆手，“哎哟，那可不行，不行！”不知所措得令人感到滑稽。

“怎么会不行！您别这么客气。是吧，绮罗子小姐？”

“是啊，……真的，有请……”

“哎呀，我是真的不行，待我练好后再请您一起跳。”

“既然小姐请你跳，你就恭敬不如从命吧！”娜噢宓的口气是不容争辩的，在她看来，能与绮罗子跳舞是给了我天大的面子。“让治老跟我一个人跳并不可取。……哎，狐步舞开始了，去跳吧！跳舞要与不同风格的人跳才会有长进。”

这时传来“Will you dance with me?”的话音，他直奔娜噢宓而来，就是刚才与菊子跳舞的年轻的老外，身材高挑颀长，女性化的脸上涂有白粉。他在娜噢宓跟前屈臂弓腰，微笑着语速极快地说着什么，大概是一些阿谀奉承的恭维话，我只听懂他觍着脸连连所说的“请，请”。娜噢宓像要喷火似的满面通红，显得极其为难，又不便发火，只能默默地微笑。她很想谢绝对方的邀请，但英语一下子又找不到最最委婉的表达，结果，一句话也说不出来。而外国人见娜噢宓只是微笑，误认为是她愿意，就做出“有请”的动作，逼着她回应。

“Yes…”当她颇不情愿地站起身来的时候，脸颊就像燃烧起来似的映成一片红彤彤的。

“哈哈哈哈，别看这家伙平时会逞威风，一碰上洋人也就没辙，蔫了!”熊谷大笑不停。

“洋人脸皮太厚，叫人为难。刚才我也被他弄得不知所措。”菊子说道。

“请您赏光。”由于绮罗子在一旁等着，我只能豁出去了。

其实，不光是今夜，严格说来，我的眼中除了娜噢宓之外再无美女。诚然，看到其他美女也会觉得漂亮，可是，她们越是漂亮，我越觉得可望而不可即，只能在远处欣赏。舒列姆斯卡娅夫人则另当别论，与她接触时我所体验到的恍惚感恐怕完全不同于一般的情欲。所谓的情欲，那是一种过于神韵缥缈、难以捕捉的梦境。更何况她是与我们相去甚远的外国夫人和舞蹈老师，与眼前的绮罗子相比，相处时感觉轻松坦然。而绮罗子呢，她是日本人，帝国剧院的女演员，且身穿的衣裳华丽异常，令人目眩。

然而，出乎意料之外的是，与她跳舞的感觉十分轻松。她的身体就像柔软的棉花一般轻巧，纤手好似初出的新绿细腻柔和，而且极能了解我的节奏感，对于我这样拙劣的舞伴，她就像悟性聪颖的马儿一样积极地配合着我的动作。如此一来，我在放开轻松之中感到了难以言状的愉悦。我突然间自信振奋起来，舞步自然而然地变得活泼流畅起来，宛如乘坐在旋转木马上那样，完全可以尽情顺畅灵活地转悠。

我想情不自禁呼唤：“太快活了！简直是不可思议，真是有趣!”

……转，转，转！在像水车一般快速的旋转之中，绮罗子的话音从耳边掠过："您跳得很好呀，一点儿也没有难以配合的感觉。"

……那声音那么轻柔，完全是绮罗子特有的甜美之音。

"哪儿呀，是您跳得太好。"

"不，真的……"稍稍停顿后，她接着说，"今晚的乐队太棒了！"

"是啊。"

"伴奏音乐不好，跳舞就不会有激情。"

这时，我发现绮罗子的嘴唇正在我太阳穴的下方，一侧的鬓发触碰到我的脸颊。看来这是她的习惯，先前与浜田跳的时候也一样。她柔软的鬓发触摸着我……不时传来的轻声细语……对于长期受娜噢宓这匹烈马无情践踏的我而言，这真是不曾想象过的"女性柔情"的极致，宛如一双温存亲热的玉手正在抚摸着被灌木荆棘扎烂的伤口。

"我本来想坚决回绝他的，可是老外在这儿没有朋友，不对他施以同情，他很可怜的。"过了一会儿，娜噢宓回到桌边，有点沮丧地自我辩解。

第十六场华尔兹舞曲结束时已到十一点半了，接下去还有数个加场。娜噢宓提议如果时间晚了就坐出租车回家，我又劝又哄，最终让她同意去赶末班电车回去，我们离开舞厅朝新桥站走去。熊谷和浜田也带着各自的舞伴一起在银座大街上溜达，送我们到车站。大伙儿的耳畔依旧回响着爵士的乐声，有人哼唱出声后，所有男女都和着乐曲唱起来。我不会唱，只能对他们的灵巧、好记性和洋溢着青春活力的歌声感到艳羡。

"啦，啦，啦啦啦……"娜噢宓的调门最高，她打着节拍前行。"阿浜，你觉得哪支曲子好？我最喜欢《大篷车》。"

"噢，《大篷车》!"菊子突然狂叫起来，"那首曲子，棒极了!"

"不过，我……"绮罗子接着说，"倒觉得《霍斯帕林格》也不错，作为舞曲伴奏乐很合适……"

"《蝴蝶夫人》很好呀，我最喜欢。"浜田很快用口哨吹起了《蝴蝶夫人》的乐曲。

我们在检票口与众人道别，站在冬夜寒风穿堂而过的月台上等着电车。我俩都没说话，我的心里充满着欢快之后的寂寞，可娜噢宓一定没有我这样的感觉，她对我说："今晚跳得很开心，下次再去吧!"

我却露出扫兴的表情，只是"嗯"了一声。

这算什么呀？所谓的舞会居然就是这等模样！欺骗老娘、夫妻吵架、又哭又笑吵闹一场的结果，亲身体味的舞会竟是如此的无聊！那些舞者难道不都是一群自傲虚荣、胁肩谄笑、自命不凡、矫揉造作的家伙么!

那么，我自己又是为了什么才去参加舞会的呢？难道是为了向众人炫耀娜噢宓吗？若是这样，则说明我也是虚荣心极强的人，而我如此引以为豪的宝贝又算什么呢？

"怎么样啊？你带着这个女郎外出，果然会像你预期的那样，会让世间惊叹吗？"我不得不以自嘲的心态反躬自省。

"你呀你，你才是无知者无畏呢。诚然，对你而言，这个女人是最了不起的宝贝吧。但是你将这个宝贝送到华丽的舞台去出头露面，结果又怎样呢？那儿充斥着虚荣自恋的一伙人！你说得好听，可这个女人不正是这伙人的代表吗？自以为了不起，唯我独尊，口出秽言，令人不齿。你以为她是谁啊？被洋人误以为妓女，而且连一句简单的英语都说不出来，结结巴巴，出尽洋相，惊慌失措中成为洋人舞伴的绝非菊子一人。且这女人出言不逊且粗俗，简直不成体统！虽然装模作样地自诩‘淑女’，但其谈吐实在不堪入耳，菊子和绮罗子的修养不知比她好多少。”

那天晚上，回家的一路上，这种令人不快的、不知是悔恨还是失望的难以名状的厌恶感沉重地压在心头。

在电车上，我故意坐在她的对面，试图再次仔细打量一下眼前的娜噢宓。这女人究竟何处好到让我如此神魂颠倒？是她的鼻子，还是那双眼睛？我一一加以确认，不可思议的是，平日里对我极具魅力的那张脸今晚竟变得如此俗不可耐。于是，我第一次见到娜噢宓——就是她在钻石咖啡馆当女招待时的身姿从记忆的深处浮现出来。那时的娜噢宓比现在要强得多：纯真无邪、天真烂漫、显得腼腆忧郁，与现在言谈粗俗、妄自尊大的这个女人判若两人。我迷恋那时的娜噢宓，其惯性一直持续到今天，如今想来，她完全是在不知不觉之中演变成一个让人无法忍受的讨厌鬼。你瞧瞧她的坐相，一副神气活现的样子，像在显示“天下数我聪明”；再看看她的神态，目空一切，好似要告诉大家，“我是人间头号美女”，“没人比我更加时髦和洋气”。可就是这个女人，连一句英语都说不利索，甚至搞不懂动词的主动态和被动态。这一点别人都不知道，只有我明白……

我在心中对她一顿臭骂。她朝后稍稍仰坐着，整张脸朝上，从我坐的地方看去，她最以为得意的那只洋气的大蒜鼻子的黑乎乎鼻孔一览无余，鼻孔两侧是肥厚的鼻翼肉。按说我与她这个鼻子是朝夕相处，异常熟悉。每天晚上，我搂抱这个女人的时候，经常从这个角度窥视她的鼻孔，就在前些天我还给她擤过鼻涕，抚摸过她的鼻翼周边，有时还将自己的鼻子与她的像打入的楔子那样搁在一起，也就是说，这个鼻子——这个长在女人脸庞中央的小小肉块，已成为我身上的一部分，绝非他人之物。然而，此刻以这种感觉来再看她的鼻孔，觉得它居然那么的肮脏。仿佛一个饥肠辘辘的人饥不择食，不好的食物照样狼吞虎咽，随着渐渐饱腹，突然发现食物的难吃，简直会恶心作呕。——说来眼下我的心情与此相似，一想到今夜又要对着这只鼻子，陪着这张脸入眠，就好似吃腻后伤了胃一般的厌恶，“我已受够了这种美食!”

我意识到这也是父母对我的惩罚。我试图欺骗母亲来贪饱自己的艳福，自然不会有什么好结果。

不过，列位读者，倘若你们据此推测我已经彻底厌弃了娜噢宓，那就错了。迄今为止，我不曾有过这样的想法，只是一时间出现了这样的怨气。一回到大森的家中两人相处时，刚才在电车里那种“吃腻”的感觉马上就烟消云散了，娜噢宓身上的所有器官，她的眼睛、鼻子、四肢再次充满了蛊惑力，每一样都成了我回味无穷的顶级佳肴。

这以后，我一直陪着娜噢宓去跳舞，每次都厌烦她的缺点，归途中肯定感到不快。然而，这种不快总是不会持久。我对她的爱憎情感，就像猫的眼睛一样一夜能变换好多次。

十二

我们大森冷清的家中，浜田、熊谷等因参加舞会而熟识的男性朋友不时前来造访。

他们一般在傍晚时分到达，适逢我从公司下班，大伙就随着留声机的音乐开始跳舞。娜嗅宓生性好客，家中又没有用人和长辈妨碍，加之这画室很适合跳舞，他们往往玩得忘掉了时间。一开始客人还有点儿客气，吃晚饭时便说要回去了。

“嗨，为什么要回去？一起吃饭吧。”娜噢宓硬是挽留，最后发展到只要来我家跳舞，必在“大森亭”用西餐，由我来请客也成了惯例。

那是一个相当潮湿的晚上，已进入了梅雨季节。浜田和熊谷来玩，一起聊到十一点多，外面下起了暴雨。雨水哗啦啦地打在窗上，二人嘴上说“要回去，回去”，实际却在犹豫不定。

“嗨，这么糟糕的天气，雨这么大怎么回去呀？今夜就住在这儿吧！”娜噢宓突然说道，“你们说呢，住下吧。……阿熊应该没问题吧？”

“我怎么都行……不过，浜田回去的话，我也回去。”

“阿浜住下也没事，是吧？阿浜。”娜嗅宓瞄一眼我的脸色，“行啦，阿浜，不用客气的。要是冬天，棉被会不够用，现在这季节四个人能凑合。再说明天是礼拜天，让治不上班，起得再晚也没事儿。”

“怎么样，就住下吧。这雨势可没法走。”我只能无可奈何地跟着劝说。

“好，就这么定了。明天我们又可玩点什么。对了对了，傍晚我们还可去花月园啊！”

最后，他们俩决定住下。

“不过，蚊帐不够，咋办啊？”我说。

“就一顶蚊帐，大家一起睡吧，那样才有趣。”娜嗅宓是觉得这种经历难得吧，就像学校去修学旅行一样，高兴得边说边嘻嘻哈哈。

娜嗅宓的建议让我感到意外，我原打算把蚊帐让两位客人用，自己和娜嗅宓点上蚊香，在画室的沙发上过上一夜，做梦也没想到四个人挤在一个蚊帐里睡觉。可是，娜嗅宓对此十分起劲，当着他俩的面我也不便表示不悦。……就像往常其他事情一样，还在我徘徊迟疑之际，她已经早早做出了决定。

“好吧，我去铺被子，你们三位来做帮手。”

她发号施令，率先上楼跑到四铺席半的房里。

蚊帐里的空间太小，被子该如何排列呢？四个人并排放不下，于是，三人并排，一人呈直角横着睡。

“这不就成了。三个男人并排，我一人睡这儿。”

“呀，这可要不得！”蚊帐吊起来后，熊谷一边往里张望一边嚷道，“这简直像个猪圈，大伙儿是要那样胡乱地挤作一堆么？”

“挤作一堆又怎么样，你就别再挑剔了。”

“哼，寄人篱下还有奢望……”

“可不是嘛。反正今夜也睡不着的。”

“我睡得着，还会猛打呼噜呢。”熊谷朝地面狠狠跺了一脚，没脱衣服，领头钻进了蚊帐。

“你想睡也不让你睡！阿浜，不能让他睡着，想睡着你就胳肢他。……”

“啊，又闷又热，这可没法睡！”

熊谷挺胸腆肚，撑起膝盖地仰卧在中间的棉被上，右侧是浜田，他脱下了西服，穿一条裤子和一件贴身衬衣，仰睡的身子瘦精精的，腹部凹陷。他静静地听着屋外的雨声，一只手搁在额头上，另一只手吧嗒吧嗒地摇着圆扇，那声响使人更觉炎热。

“我这个人啊，只要边上有女人，就怎么也睡不着。”

“我是男人，不是女的。阿浜不是也说过我不像女人么！”娜噢宓在蚊帐外的暗处迅速换上睡衣，露出白皙的后背。

“我说倒是说过……”

“……我睡在你身边，你还是觉得我是女人吗？”

“嗯，是呀。”

“那阿熊你呢？”

“我不在乎，我可没把你算作女人！”

“不算女人算什么？”

“嗯，你就是一只海豹。”

“啊哈哈哈，海豹和猴子哪个强？”

“哪个我都不要！”

说着熊谷故意发出睡着的声响。我睡在他的左侧，默默地听着三人闲聊。娜嗅宓若钻进蚊帐，她的头要么靠我、要么靠浜田，我暗中留意，看她靠向哪边。娜嗅宓的枕头放在中间暧昧的位置上，没有偏向，刚才铺被子的时候，她故意这么放置，以便之后可以随意调整。娜嗅宓换上桃色的绉纱睡衣总算进了蚊帐，她直直地站着问：“关灯吗？”

“哎，就关上吧……”熊谷的声音。

“那我就关了……”

“啊，好疼！”熊谷大叫起来。

是娜嗅宓一下子踩到熊谷的前胸，把他的身体当作垫脚，从蚊帐里伸出手，“啪”地关上电灯。

房间暗下来，屋外电线杆上的路灯照在窗口，所以屋里还能隐隐约约地分辨出各自的脸庞和衣物。娜嗅宓跨过熊谷的脑袋，跳到自己的棉被上，这时，她的睡衣下摆随风掠过我的鼻子。

“阿熊，你不抽上一支烟吗？”娜嗅宓没有立即躺下，而是像男人那样劈开腿坐在枕头上，俯视着熊谷说，“嗨，转过身来！”

“你这混蛋，干吗成心不让人家睡觉！”

“呵呵呵，喂，朝这边！你不转身，我就不客气啦！”

“啊，疼呀！别胡来，听到没？一个大活人，手下留情啊。又是踩又是踢的，再结实也受不了的！”

“呵呵呵……”

我望着蚊帐顶端，不知发生了什么，大概是娜嗅宓用脚尖使劲顶戳阿熊的脑袋。

“真拿你没办法！”一会儿熊谷终于转过身来。

“阿熊，你醒了吗？”是浜田的问话。

“是啊，能不醒吗？惨遭迫害哪。”

“阿浜，你也得转过来，否则一样要遭迫害！”

浜田也跟着转过身来，一副俯卧的样子。

熊谷窸窸窣窣地在和服袖子口袋里找火柴，接着，我的眼前一亮，火柴划着了。

“让治，你也转过身来，一个人在干啥啊？”

“唔，唔……”

“怎么啦，睡着了？”

“唔，唔……有点迷迷糊糊了……”

“啊呵呵呵，真会说呀。你是在装睡吧，我没说错吧？心里可急得慌哪！”

我被她切中要害，眼睛还是闭着，却觉得满面通红。

“我是无所谓的，只是这样闹着玩玩，所以你大可放心地睡……要是实在不放心，可以朝我这边看看，不必硬着头皮强忍……”

“他是否想受你的迫害呀？”熊谷说着，给香烟点上火，狠狠地抽了起来。

“得了吧，这种人迫害也没用，每天都要这么干。”

“你俩可真够春风得意的。”浜田开口了，他的话言不由衷，听上去倒像是在对我恭维。

“我说让治呀，若想受迫害，我就满足你吧。”

“别，我已经受够了！”

“受够的话，就朝我这边转过身来，就你一人脱离大伙儿，有点儿怪怪的。”

我翻转身，下巴搁在枕头上。于是呈八字形曲膝而坐的娜噢宓的双脚，一只放在浜田的鼻子跟前，另一只则放在我的鼻子跟前，而熊谷的脑袋钻入她八字形的双腿间，正悠然自得地抽着敷岛牌香烟呢。

“让治，这光景怎么样?”

“嗯……”

“‘嗯’是什么意思?”

“不像话，你就是一只海豹!”

“对，是海豹。现在海豹正在冰面上休息。前方三头躺着的，是雄海豹。”

黄绿色的蚊帐从头顶垂落下来，恰似密密的云层低锁……黑漆漆的夜间，零散的长发包裹着一张白皙的脸，邋邋遢遢的睡衣里不时露出的胸脯、手臂和小腿肚子——这正是娜噢宓平时诱惑我的一种身姿，一看到她那种模样，我就像一头看到了诱饵的野兽。黑暗之中，我明显地感到娜噢宓带着她惯有的挑逗表情，以不怀好意的眼神，微笑着紧盯着我。

“什么不像话，净胡说！明明一见我穿睡衣就迫不及待，今晚在大伙儿面前，你才拼命忍着的。让治，我没说错吧!”

“别瞎说!”

“啊呵呵呵，……你那么嘴硬，我马上叫你投降!”

“喂，喂！你消停一点，这种话留到明晚去讲。”

“赞一个!”

浜田也跟在熊谷后面说：“今夜你应该对大家一视同仁。”

“我不是在一视同仁么？这只脚给阿浜，另一只给让治，不让你们互相怨恨……”

“那我得什么呢？”

“阿熊最占便宜了，靠我最近，脑袋还钻到这种地方。”

“不胜荣光之至。”

“就是么，我最优待你了！”

“可是，你总不能这样坐一个通宵吧？睡觉时咋办呢？”

“对呀，该怎么睡呢？你的头朝哪边？朝向阿浜，还是让治？”

“头朝哪边可不是什么大不了的问题。”

“不，不对。阿熊睡在中间当然没有问题，而对我来说就是个问题。”

“是嘛，阿浜，那我的头就朝阿浜这边睡吧。”

“所以问题就在这里。你朝我这边睡，我会于心不安，而朝河合先生呢，我又会心神不定……”

“再说，她的睡相可不好！”熊谷又插嘴说，“一不留神，头朝她脚的那个家伙半夜里也许会被一脚踢飞的。”

“是么？河合先生，她的睡相真不好吗？”

“不错，是很不好，还相当糟糕。”

“喂，浜田。”

“干吗？”

“睡迷糊了会舔人家的脚心吧。”熊谷说着咯咯地笑起来。

“舔脚丫子也没什么，让治常那么干。还说我的脚丫比脸蛋还要可爱呢！”

“这是一种拜物教呀。”

“说得对。让治，难道不是吗？你还是喜欢我的脚吧？”

接着，娜噢宓说：“不公平不行。”于是，她忽而把脚朝向我，忽而朝向浜田，每隔五分钟不停地改变朝向，在被子上颠来倒去地转身。

“好，这次轮到浜田！”娜噢宓就这样躺着将身子转来转去，每次转身时双脚朝上，踢到蚊帐，将枕头从这边扔向那边。这头海豹的动作过猛，本来被子的一半就在蚊帐外面，她不停掀起蚊帐的底襟，几只蚊子飞了进来。“这可不行哇，好多蚊子！”熊谷霍地起身，开始驱赶蚊子。不知谁踩到了蚊帐，吊绳断了，蚊帐掉了下来，被罩在里面的娜噢宓更加疯狂起来。修好吊绳，重新挂上蚊帐又费了很长时间。经过这一番的闹腾，好歹回归平静时，东方已经微明了。

风声、雨声、身旁熊谷的鼾声……我耳边灌进这些声音，渐渐进入梦乡，可一会儿又睁开眼来。这两个人睡都嫌挤的小房间里，弥漫着粘在娜噢宓肌肤和衣物上的香水和汗臭味混合发酵后的气味，加上今夜又加进两个大男人，就显得更加闷热难当，仿佛在一个行将发生地震的密封的空间里，叫人窒息。熊谷不时地翻身，时不时会互相碰触到汗津津的手和黏糊糊的膝盖。再看娜噢宓，她的枕头在我这头，一只脚搁在枕头上，另一只脚支起膝盖，脚背插到我的被子里，脑袋歪向浜田，双臂张开，看来先前的疯闹搞得她疲惫不堪，此刻正舒心地熟睡着。

“小娜呀……”我一边注意观察大伙儿酣睡的呼吸，一边在口中念叨着，在自己的被子里抚摸着她的脚丫。啊，这双脚，这正在酣睡的女人的雪白美丽的脚，的确是属于我的。我在她还是个小姑娘的时候，就每晚将它放在热水里用肥皂清洗。她的肌肤是何等的柔软——虽然十五岁的小姑娘的身体不断地成长，唯有这双脚就像没有发育一样依然娇小可爱，对了，这大脚趾与当时如出一辙，小脚趾的形状，脚后跟的圆润，丰腴隆起的脚背，所有的一切都与当年别无二致。……我忍不住悄悄地把自己的嘴唇贴在她的脚背上。

天亮了，我再次昏昏沉沉地睡去。不久在一阵哄笑声中醒来，原来是娜噢宓把纸捻子塞进了我的鼻孔里。

“怎么样？让治，醒了吗？”

“哎，现在几点了？”

“十点半了，不过起来也没事，索性睡到正午吧。”

雨停了，星期天晴空万里，屋内依旧遗留着闷热的气息。

十三

当时，我的这种荒诞不羁的生活状况，公司方面理应无人知晓，在家和在公司的生活井水不犯河水，分得一清二楚。虽然在上班的时候脑中时常会闪现娜噢宓的倩影，但绝不会影响工作，他人也不可能察觉，我认定，在同僚的眼中，我仍然是个谦谦君子。

然而，有一天——尚未出梅的潮湿郁闷的晚上，一个名叫波川的工程师同事因公司派遣出国，在筑地的精养轩为他开送别会。我照例出于礼仪到场出席。等到聚餐结束，甜点过后，大伙儿从餐厅流向吸烟室，人们边喝里基鸡尾酒，边叽里呱啦地胡侃时，我觉得自己差不多可以撤了，就站起身来。

“我说河合君呀，你给我坐下。”一个名叫S的同事贼忒兮兮地笑着叫住了我，他已经微醉，与T、K和H同占一张沙发，试图强行把我拉进他们的圈子。

“嗨，别来不及开溜啊。下这么大的雨，这是要上哪儿去呀?”S说着，仰视着局促不安地直立着的我，再次嬉笑起来。

“哪儿也不去……”

“那就直接回家咯?”H说。

“是的，真对不起，失陪了。我住大森，这种天气路不好走，不早点回去就搭不上车了。”

“啊呵呵呵，说得跟真的一样！”这回是T说了。“河合君，你的老底都被大伙儿揭开了。”

“什么老底？……”

我不知T说的“老底”指什么，不无狼狈地反问。

“真叫人吃惊啊，我一直以为你是个君子……”K歪着脑袋，无限感佩地说，“连河合君也会跳交谊舞，可见时代的确是进步了。”

“嗨，河合。”S怕被旁人听见，凑近我的耳边说，“陪在你身边的大美人是谁呀？给我们大伙儿介绍一下吧。”

“那哪是值得介绍的女人啊。”

“我们听说她是帝国剧院的女演员呢。……哎，难道不是吗？还有人说是电影演员，是混血儿，告诉我们，她住在哪儿？不说就不让你走！”

我明显地露出一脸的不悦，气得结巴起来。S依旧不依不饶，靠近我很认真地问：“哎，那女人不跳舞就不能把她约出来吗？”

我差点儿爆出“混蛋”的粗口来。满心以为公司里没人知道我的情况，没想到不仅已经被他们发现，还从这个人称“浪荡公子”的S的口气中可以探知，他们并不相信我们俩是夫妇，认为娜噢宓是谁都能够召唤的那种女人。

“傻蛋！问人家的老婆能不能约出来，太不懂礼貌了！”面对S的侮辱，我自然忍无可忍，真想勃然大怒地加以训斥，不，事实上，有那么一瞬间，我已经变了脸色。

"喂，河合河合呀，告诉我们吧，真的。"他们以为我好说话，厚颜无耻地烂缠着。H说着回头看着K问："我说K呀，你说是从哪儿听说的啊?"

"我是从庆应大学的学生那儿听说的。"

"噢，他是怎么说来着?"

"他是我亲戚，又是个交谊舞迷，经常出入舞厅，所以认识那个美人。"

"哎，她叫什么名字?"T从一旁探出头来问。

"名字么……我想想……一个奇妙的名字……叫NAOMI……是叫NAOMI吧……"

"NAOMI? ……果真是个混血儿哪。"S说着，戏弄似的看着我的脸，"若是混血儿，就不是那个电影演员啰。"

"听说那女人可了不得，把那帮庆应的学子搞得不知天南地北。"

我的脸上始终浮现出痉挛般的微笑，嘴角哆哆嗦嗦地颤抖。听到K口出此言，我的微笑一下子在脸上凝固了，无法动弹，好似眼珠子深深陷进了眼窝。

"嗬，这样就有盼头了!"S万分庆幸地说，"你那个亲戚学生，跟那女人有过一腿吗?"

"这我哪能知道呀，不过，听说有两三个朋友跟她有关系。"

"打住、打住!河合听了要担心了……瞧呀，那张脸多尴尬。"T一说，大家一起抬起头望着我笑。

"没啥，这点担心毫无关系，瞒着大伙儿一人独占那个大美人，这种不良心术才说不过去呢。"

"啊哈哈哈，河合君，怎么样啊？正人君子偶尔领教领教风流方面的担忧也可以吧。"

"哈哈哈……"

我已经不光是生气了，根本听不见是谁在说什么。只有哄堂大笑的声音，在耳膜中嗡嗡震响。我突然感到茫然，不知该如何摆脱这个场合，不知该笑还是哭。我害怕万一不小心说出什么，必将更加受到这伙人的嘲弄。

我不顾一切地跑出吸烟室，一直跑到湿漉漉的大街上，直到意识到冰凉的雨水打在身上之前，我始终心慌意乱、难以自持，总觉得身后还有人在追赶，于是我不停地朝银座方向遁去。

来到尾张町左边的十字路口，我就朝新桥方向走去……其实，应该说我的脚步并不受大脑的指挥，完全是无意识地走向那个方向的。被雨水濡湿的人行道上闪烁着大街上的灯光，映射入我的双眼。尽管天气不好，可马路上外出的人很多，喏，那边有打着雨伞的艺伎走过，有身穿法兰绒衣服的年轻姑娘通过，还有电车、汽车在行驶……

……娜噢宓非常有能耐，把那帮学生搞得神魂颠倒？……这有可能吗？有可能，确实有这种可能。只要看到近期娜噢宓的样子，就不容你不这么认为。事实上我的内心一直有这样的担忧，不过围着她转的男性朋友太多，反而让我放下心来。娜噢宓还是个孩子，而且生性活泼开朗，诚如她自己所说的"我是个男孩"，她就是喜好和许多男生在一起，天真无邪、热热闹闹地"人来疯"。倘若她真有此类图谋，在这么多人的注视之下也不可能毫无顾忌，何况她也绝对不会……我的"绝不会"的认定是要不得的。

然而，这绝不会……看来也绝不是事实。娜噢宓虽然高傲轻狂，但品行尚属高贵端正，对此，我心中相当清楚。表面上她有时会看不起我，但她内心还是感谢我十五岁起的养育之恩的，她在床上多次流着眼泪表示决不背叛我的言之凿凿的保证使我毋庸置疑。那个 K 说的话——搞不好是公司里那些坏家伙对我的一种嘲弄，要真是那样的话就好了。……那个 K 的亲戚是谁呢？光那个学生就知道与娜噢宓发生关系的有二三人。这二三人又是谁呢？……浜田？熊谷？……有嫌疑的就数这两个人了，可是，这两人怎么不为此吵架呢？他俩不是分头，而是一起来找娜噢宓快乐玩耍究竟是何用意？那是掩我耳目的手段吗？难道这是娜噢宓手法高明，导致他俩互不知情？不，比这些更重要的问题是，娜噢宓已经堕落到这等地步了吗？如果她与两人真有关系，那么上次大伙儿挤在一起睡觉的无耻疯狂的闹腾还能上演吗？要真是那样的话，那她的行为简直比娼妓还不像话……

不知不觉间我走过了新桥，顺着芝口大街，啪唧啪唧地蹚着泥浆水径直朝金杉桥方向走去。漫天的大雨密密匝匝地落下，上下左右地包围着我，雨伞上泻下的水流淋湿了雨衣的肩胛。喔，那个混居的夜晚下的也是这样的雨。在钻石咖啡馆的桌边娜噢宓首次敞开自己的心扉时，虽是春天，也下着这样的大雨。想到这些，今晚自己在滂沱大雨中淋得浑身湿透地行走时，莫非大森的家中又有不速之客光临？今晚又得打通铺杂居共枕吗？——这种疑惧突然涌上心头时，浜田和熊谷一左一右地把娜噢宓夹在中间，吃相难看、没完没了地胡侃的淫猥场景，又历历在目地呈现在眼前。

“对呀，自己不能再这样磨蹭下去了！”

想到这儿，我赶紧朝田町车站跑去，一分、两分、三分钟……电车终于在第三分钟时进站了，我还从未经历过如此漫长的三分钟。

娜噢宓呀娜噢宓！我今天为什么留她在家单独外出呢？娜噢宓不能不陪伴在我的身边，这是最坏的事态。——我暗暗祈祷：只要看见她的脸蛋，这焦急的心情就会平复；只要听到她豁达豪爽的话声，瞧见她纯洁无邪的眼睛，我的疑虑就会烟消云散。

但是，要是她再次提出杂居共枕的要求，我又该怎么说呢？今后，自己对她以及追随她的浜田、熊谷那类乌七八糟的人应该采取何种态度应对？自己是否应该毅然决然地对她严加管教，哪怕招惹她触怒她。要是走到这一步，她能老老实实地听从我倒也罢了，若是她进行反抗又当如何？不，不会发生那种情况的。我告诉她："今夜我受到公司那帮家伙的肆意侮辱，所以你必须谨言慎行，以免引起旁人的误解。"这与其他情况不同，其实也关系到她自身的名誉，或许她会接受我的意见的。倘若她执意罔顾自己的名誉和旁人的误解，那就真的值得怀疑了，K 所说的就成了事实。如果……啊，真有这样的事发生……

我尽量冷静、从容地想象最坏的事态，当她欺骗我的行径真正暴露后，我会原谅她吗？——说实话，我已经到了没有她一天也活不下去的地步。她的堕落，不用说一半是我的罪过。只要她能幡然悔悟，表示痛改前非，我也不会对她进行过多的责备，因为我再也没有责备她的资格。然而，令我担忧的倒是她的犟劲，尤其是对我那分外强硬的态度，假使证据已明摆在跟前，她依然不肯低头该咋办。即使当场低头认错，回头又坚决不改，自己能够容忍她一次又一次地重犯同样的罪过吗？最终，谁都意气用事地不肯相让会不会导致分离？——这倒是我最最恐惧的事。直截了当地说，比起她的贞操来，分道扬镳则更叫我感到头疼。在查明事实对其指责或规诫之前，自己首先得想清楚届时的处置方针。她说“既然这样，我就走了”，我能马上接口回答“随你的便”，只有做好这样的精神准备才行……

不过，我很明白，对于这一点，娜噢宓也具有同样的弱点。因为她只有和我在一起生活才能随心所欲地挥霍，一旦被我逐出家门，除了回到她那狭小邋遢的千束町娘家便别无栖身之地。果真落到这步田地，除非去倚门卖笑，否则再也不会有任何人追捧她。过去曾经有我对她任性的虚荣实在忍无可忍的时候，那时，或许浜田和熊谷会收留她，但是她一定明白，他俩都是学生，不可能赋予她我给过的那般荣华富贵。如此想来，我让她尝到奢华的美味倒也不失为一件好事儿。

对了，那次学英语娜噢宓撕掉笔记本时，我盛怒之下让她“滚出去”，她不是屈服了吗？那时，她如果真走了，我不知道会有多么的懊恼。可是，她一定比我还要尴尬，因为有我才有她，她一旦离我而去，就会再次堕入社会的深渊，成为永远无法出头的底层女人，那一定是她最为惊恐的，这种恐惧如今和当时别无二致。她今年已经十九岁了，随着年龄的增加，多少具备了一点明辨事理的能力，对此理应有更清醒的认识。所以万一她以“我走”相要挟，也未必会真走，她或许明白，这种一眼就能识破的威胁，是无法吓到我的。……

电车到达大森站之前，我已经多多少少地恢复了勇气。不管发生什么，我和娜噢宓绝对不会分道扬镳，这一点是可以确信无疑的。

来到家门前，发现我所想象的厌恶场面全然不见，画室里没有任何来客，一片漆黑，寂静无声，只有阁楼上的四铺席半的小房间亮着灯。

“啊，她一人在独守空房呢——”

我悬吊的心一下子落了地，由衷感到：“这样就很好，我真是幸福啊。”

用钥匙打开玄关处的房门，一进屋就拧亮画室的电灯，虽然室内依然一副乱糟糟的模样，却不见有客来访过的痕迹。

“小娜，我……回来了！……”

没有回音，我走上楼，见娜噢宓一人安睡在小房间里，对她而言，这很平常，无论白天还是黑夜，只要闲得无聊，不管何时她都会钻进被窝读读小说，然后自然入眠。看到她那纯洁无邪的睡脸，我就更加安心了。

这个女人会欺骗我吗？这可能吗？……难道就是自己眼前这个安详地呼吸着的女人吗？……

为了不打搅她的美梦，我屏气凝神地静静坐在枕边注视着她的睡容。我想起孩提时代听到过的故事——从前，狐狸变成美丽的姑娘欺骗男子，可是在熟睡之时现出了原形，结果被扒去了伪装的画皮。睡相恶劣的娜噢宓身上的薄棉睡衣完全敞开脱落，她将睡衣领子夹在两腿之间，乳房裸露，一只胳膊支撑着，手指搁在胸脯上，宛如柔软的枝条，另一只手柔美地伸向我坐着的膝盖边。她的脑袋扭向伸出手的一侧，仿佛立刻会从枕头上滑落似的。鼻尖的近处，落着一本翻开的书籍，那是被娜噢宓誉为“当今文坛最伟大的作家”有岛武郎的小说《该隐的末裔》。我的视线在装订粗糙的书本那雪白的进口纸和她白皙的酥胸上来来回回地游走。

娜噢宓的肤色会随着天色的不同，有时泛黄，有时白皙，而酣睡和刚起床的时候显得格外的清晰明亮，犹如在熟睡之中褪尽了全身的油脂，显得清爽异常。一般说来，“夜晚”与“黑暗”相连，而我呢，常常一想到夜晚，就不能不联想到娜噢宓的肌肤的白皙，这完全不同于白昼处处可见的明亮，而是被满是污垢的棉被、被脏兮兮的褴褛包裹着的“纯白”，因此，更容易吸引我。这样目不转睛地看着，灯罩阴处的她的胸部就像从湛蓝的水底浮现出来那么鲜明。她醒着的时候，那么快乐阳光、千变万化的表情此刻却现出忧郁，双眉紧蹙，带着一种神秘感，仿佛被人灌下了苦药、掐住了脖子一般。我很喜欢她的这种睡脸，常对她说：“你睡着时的表情判若他人，好像在做噩梦。”而且我还时常认为，她的死相一定也很美。娇艳妩媚的娜噢宓呀，即使这女人真是一只狐狸，我也甘愿被它迷惑。

我大约默默静坐了半个小时，伸向灯罩光亮处的她的手，手掌向上，就像绽放的花朵柔软地握起，我可以清晰地看到她手腕处的静脉在跳动。

“什么时候回来的？……”均匀的呼吸变得不规则起来，她终于张开眼睛，脸上依旧残留着几分忧郁……

“就刚才……回来不久。”

“怎么不叫醒我？”

“叫过了，你没醒，我就让你这样熟睡下去。”

“你坐在哪儿干啥呀？——看我的睡相？”

“是啊。”

“嗬，一个怪人。”她像孩子一样天真地笑起来，伸出的手放到我的膝盖上。“今夜孤零零的一个人，好无聊！我想会有人来玩，可谁也没来……小爸爸，睡吧？”

“睡也可以……”

“来，睡吧！……我和衣躺下，被蚊子咬得一塌糊涂。你瞧！帮我这儿挠一下……”我帮她在手臂和背脊上挠了一阵。

“啊，谢谢！真是奇痒难忍——对不起，能帮我把那里的睡衣拿来吗？再帮我换上吧。”

我取来睡衣，抱起呈大字平躺的娜噢宓的身体，然后帮她宽衣解带，换上睡衣。她故意装作睡着的样子，浑身软不拉耷，手脚像尸体一般绵软无力。

“挂上蚊帐，小爸爸也早点睡吧……”

十四

当天夜晚我俩的枕边私房话就不必一一赘述了。听我讲了精养轩的遭遇，娜噢宓破口大骂道："胡说八道，他们算什么玩意儿！"随后便付之一笑。她的见解是，总而言之，当今的社会对交谊舞的意义还缺少了解，只要看到男男女女手牵手的舞蹈，就臆测他们之间有不正经的关系，于是顿时蜚声四起，再加上对新时代的流行抱有反感的报纸杂志的推波助澜，用不负责任的报道恶意中伤，普通大众认定跳舞是极不健康的活动。因此，我们必须做好被人背后说三道四的思想准备。

"除了让治之外，我从未与别的男人二人单独相处过！……你说是吗？"

"去跳舞时和你在一起，在家时又和你一起玩耍，即便一人在家留守时，也没有客人来访。若是客人单独前来，我会告诉他'家里只有我一人'，他们大都会回避离去。我的朋友中没有那种不懂礼貌的男人。"娜噢宓如是说，"我再任性，好歹还是分得清的。我想要欺骗让治也不是骗不了，但我绝不会那么做。我为人光明正大，不瞒着你做任何事情。"

“这我知道。只是被人家那么说，心情恶劣。”

“心情恶劣，你想怎么办？难道你今后不去跳舞了？”

“去跳也行，我的意思是，还是小心谨慎些为好，尽量别让别人误解。”

“我现在不是像你所说的，很注意地与人交往么？”

“所以我不会对你误解。”

“只要你不误解，那世上那些小人不管说什么我也不怕！我这个人哪，蛮横粗俗，说话刻薄，所以会遭人嫉恨……”

接着，她以伤感、娇媚的语调喋喋不休地说：只要我信任她，爱她就足够了；自己天生不像女孩，所以自然与男孩交朋友，再说自己喜欢男孩的爽快，专门和他们一起玩，却没有一点儿相恋相爱的歹念；最后，又重复起“不敢忘怀十五岁起的养育之恩”“我觉得让治你既是父亲又是丈夫”的陈词滥调。说着说着，潸然泪下，又让我帮着抹泪，接着拥着我一通雨点般连续不断地亲吻。

然而，在这长长的讲述中，不知是故意还是偶然，娜噢宓没有提到浜田和熊谷的名字，说实话，我倒是想说出二人名字，再观察她的表情变化，但最终未能得逞。诚然，我不会百分之百地相信她的话，不过，要怀疑的话什么事都可怀疑，眼下则完全没有必要把过去的事抖出来翻老账，今后多加注意、严厉监督就是……哎呀，原本我是想采取更加强硬的态度对待娜噢宓的，但之后就在她的泪水和热吻的攻势中渐渐软化下来，听到交织的缠绵细语及饮泣之声，尽管仍然疑心受骗上当，最终还是觉得她说的是真话。

自打此事发生之后，我不露声色地观察娜噢宓的行状，她好像也在一点点顺其自然地改变自己以往的生活态度。跳舞还是会去，不过已不像过去那么频繁，到了舞厅也不猛跳，见好就收。访客也不怎么来玩了，我从公司下班回来，她总是乖乖地独自在家，不是读小说就是打毛衣，再不就静静地听着留声机的音乐，或在花坛里摆弄花草。

“今天又是独自在家呀?”

“是的，一个人，谁也不来玩。”

“不寂寞吗?”

“一开始就是一个人，不会觉得寂寞，我不在意的。”接着又说，“我喜欢热闹，但也不讨厌清静。小时候就没有朋友，总是单独玩耍。”

“是啊，这么说来，你的确是那种风格。在钻石咖啡馆那阵子，你不大跟其他打工者说话，显得有点儿忧郁。”

“没错。我表面上看像个疯丫头，可实际上是忧郁的。……性格忧郁不好吗?”

“温顺敦厚的性格不错，忧郁就不好了。”

“你是说要像前阵子那样疯闹才好?”

“我说不清会好多少。”

“我变成一个好孩子了吧?”

她冷不防地扑过来，双手紧紧搂住我的脖子，猛烈地激吻，亲得我两眼发黑。

“怎么样，要有一阵不能去跳舞了，今晚去跳跳吗?”我主动邀请她。

“随便……让治想去的话……”

她会愁眉不展、含糊其词地回答，然后说：

“还不如去看电影呢，今晚我不想跳舞。”

四五年前的单纯快乐的生活再次回到我俩之间。我和娜噢宓几乎每天成双成对地去浅草看电影，回去时在某个饭店边吃晚饭边怀旧地聊起往事，“那时就是这样的”“就是那样的”，两人都沉浸在甜蜜的回忆之中。

“那时你个子小，坐在帝国剧院的栏杆上，抓住我的肩头看电影呢。”我说，娜噢宓应道，“让治第一次来咖啡馆的时候，绷着一张脸，一声不吭，只是远远地紧盯着我的脸，叫我害怕。”

“对了，这一阵子，小爸爸不再帮我洗澡了，那时候你不是老给我洗的吗？”

“嗯，是呀。有过这样的事。”

“什么叫‘有过’呀！今后不帮我洗了吗？是不是我长大了，你不再愿意了？”

“哪会不愿意，现在就想帮你洗，只是有点儿拘谨罢了。”

“是吗？那我就请你洗吧。我又变成娃娃啦。”

这样的会话之后，恰好到了冲凉的季节，我又一次将放置在储藏室角落里的西式澡盆搬到画室，帮她冲澡。“大娃娃”——过去曾经这样叫过，如今，经过四年的岁月，娜噢宓高大丰满的身躯躺在澡盆里，已经完全成长为一个地地道道的“大人”，一头浓密的黑发解开后恰似夏季雷阵雨前的乱云，光洁浑圆的肉体，每处关节都现出“酒窝”，肩膀厚实，胸部和臀部的曲线高高隆起，充满了弹性，优雅无比的双腿越发显得颀长……

“让治呀，我的个子多少长高了些吧？”

“哎，当然，近来已长得跟我一般高了。”

“我这就会超过你的。上次去称了一下体重，我有五十三公斤了。”

“哟，我还不到六十公斤呢。”

“你这么小的个子，居然还比我重？”

“那当然，别看我个头小，男人的筋骨结实嘛。”

“那么，让治现在还敢让我当马骑吗？——刚搬到这儿来的时候，我经常骑的。对了，我骑在你的背上，把手巾当作缰绳，‘驾、驾，吁——吁’地吆喝着，你就满屋子到处爬……”

“嗯，那时候你的体重轻，大概只有四十五公斤吧？”

“现在，让治就会被我压垮了吧。”

“怎么会呢？不信你就骑上来试试。”

两人这样说笑着，结果又像以前那样玩起了骑马的游戏。

“好，我变成马了。”说着，我四肢着地爬起来，娜噢宓五十三公斤的身躯一下子骑到我的背上，让我咬住她的手巾当马缰，“瞧这匹小种马，走起来摇摇晃晃的。好好使劲，驾、驾，吁——吁！”她一边叫嚷，一边打趣地用脚夹紧我的腹部，频频抽紧缰绳。为了不被她压垮，我拼命鼓劲撑住，汗流浃背地在屋子里一圈圈地爬着。娜噢宓呢，在我精疲力竭、实在撑不下去之前，丝毫没有收手的样子。

“让治呀，好久没去镰仓了，今年夏天去一次吧？”一到八月，娜噢宓就嚷嚷起来，“上次以后我再没去过，真想去看看。”

“是啊，的确再也没去过呢。”

“对呀，今年就去镰仓吧，那是我俩值得纪念的地方。”

娜噢宓这句话是多么让我高兴啊，正如她所说，我们的新婚旅行——名义上的新婚旅行地的确就是镰仓，再也没有比镰仓对我们来说更有纪念意义的地方了。上次之后，我们每年都到外地去避暑，唯独忘却了镰仓。娜噢宓的提议真是太棒了！

“去，一定去！”我二话不说，表示完全赞同。

商定之后，我立即向公司请了十天的假，锁上大森家的房门，两人在月初就去了镰仓，借住在长谷路通向皇室别墅方向一户名叫“植总”花匠的独立房中。

我原本打算这一次不再住金波楼，而是设法找一家周到、别致的旅馆。不曾想到娜噢宓带来了可以租住这家花匠独立房舍的消息，最终借住了这栋住宅。“是杉崎女士告诉我的，十分适合我们住。”按照她的说法，住旅馆很不经济，和左邻右舍的其他客人也不好相处，若能借到单独住处是最理想的。幸运的是，杉崎女士的亲戚是东洋石油公司的董事，他有这栋租下不用的宅子，可以让给我们住，那不挺合适吗？那位董事以五百日圆租下六、七、八三个月，住到七月底已经呆腻了，有人想借，他何乐而不为，还说，只要是杉崎女士斡旋，房租算不算都无所谓。

“我说，打哪儿找这样的好事儿，不用花钱，还可以住上一个月呢！”娜噢宓说。

“可是我要去公司上班，怎么能玩那么久。”

“镰仓嘛，你可以每天坐火车上下班嘛，你说呢？”

“还是先去看看那儿你是否满意……”

“好的，我明天就去看。要是满意，能定下来吗？”

“可以。不过我不想白住人家的，这方面也得跟人家谈妥……”

“这我懂。让治很忙，我觉得行就去找杉崎老师，说好我们要付租金，付上一百或一百五十圆吧……”

就这样，娜噢宓干脆利落地洽谈完毕，谈妥租金为一百圆，并付了钱。

我有点担心住宅的状况，但是实地一看，发现比想象的要来得好。虽说是出租的住房，其实是与主屋分开的一处独立的平房，除了八铺席和四铺席半两间房间之外，还有大门、浴室和厨房，出入口也在别处，与主屋分开，可以从庭院直通马路，不会碰到花匠的家庭成员。如此一来，我俩就像在这儿构筑了一个新家，我悠然自得地盘腿坐在新的榻榻米上，面对着长方形火钵，心情相当愉悦，这种纯日本式的屋内布局真是久违了。

“嗨，这儿真不错，太舒畅了！”

“好房子吧，与大森的家比，哪个强呀？”

“这儿舒适多了，无论住多久都行啊。”

“你瞧瞧，所以我主张就住这儿嘛。”娜噢宓显得颇为得意。

有一天——大概是我们来到这儿三天之后吧，中午我们去海边游泳，一小时后，我俩躺在沙滩上休息。

“娜噢宓小姐！”冷不防有人冲着我们喊道。

一看，原来是熊谷，像是刚从海里爬上岸，水淋淋的泳衣贴在胸口，海水顺着他毛茸茸的小腿滴落下来。

“哎呀，是阿熊啊。什么时候来的？”

“今天来的……我想一准是你，果然没错。”

熊谷朝海里举起手，大声嚷道：“喂——”

海面上有人“喂——”地回应。

“谁在那儿游泳呀？”

“浜田！……浜田、阿关和中村，今天我们来了四个人。”

“嗬，真够热闹的。你们住哪儿呀？”

“什么呀，哪有那么好的兴致。实在是热得受不了，才来海里泡泡，今天就回。”

娜嗅宓与他正说着，浜田也上了岸。

“你好，好久不见，久违了！……怎么样？河合先生，最近没见您来跳舞啊。”

“也不是，娜嗅宓说跳腻了。”

“是嘛，真是岂有此理……你们什么时候到的？”

“就在两三天之前，我们借住在长谷花匠的一幢另建住房里。”

“那房子不错，由杉崎老师介绍，我们要租到月底呢。”

“蛮有情调的嘛。”熊谷说。

“那你们会在这儿住上一段时间咯？”浜田说，“镰仓也有跳舞的地方，今天晚上海滨饭店就有舞会，有舞伴的话我也想去。”

“我可不去。”娜嗅宓冷淡地回绝，“这么热的天哪能跳舞！等到天气凉爽后再去吧。”

“言之有理，夏天跳舞不合适。”浜田说完，一副贸贸然扭捏作态的样子，“我说阿熊啊，怎么样？……再游一圈吗？”

“不了，我游累了，回去吧。先去休息一阵，回到东京，天都要黑了。”

“说是‘去’休息，这是要上哪儿呀？”娜嗅宓问浜田，“有什么有趣的事儿吗？”

“哪里，阿关叔叔的别墅在扇谷，他邀我们大家一起去那儿吃饭。但赴宴太拘束，所以我们想不吃饭先开溜。”

“是嘛，会很拘束吗？”

“拘束、拘束，女佣出来，跪地磕头行大礼，太累人了，那阵势，美食还吃得下吗？……行啦，浜田，还是快回去，回到东京随便吃点啥。”

话虽然这么说，可熊谷并不马上起身，伸直双腿牢牢稳坐在沙滩上，抓起沙子打在自己的膝盖上。

“要不和我们一起吃晚饭吧，既然大家遇上了……”

娜嗅宓、浜田和熊谷都一声不吭，我觉得自己不发邀请是过不了这个坎的。

十五

当天晚上，我们久违地吃了一顿热热闹闹的晚饭。浜田和熊谷，后来阿关和中村也加入进来，我们主客六人围着矮桌而坐，一直聊到十点钟。一开始，我心中厌恶这帮家伙会糟蹋这次租住的屋子，可是偶尔和他们相处，他们精力充沛、直爽坦率、毫不拘束，充满青春的活力，并未使我产生任何的不悦。娜噢宓的态度也显得亲切和蔼、端庄得体，待人接物和助兴凑趣都恰到好处，相当令人满意。

“今晚聊得挺有意思，不时会会这帮家伙也不赖。”

我和娜噢宓到车站送他们乘末班电车回东京后，手牵着手在夏夜的马路上边走边聊，这是一个星光闪耀、清凉海风习习吹拂的美妙夜晚。

“是吗，真那么有趣吗?”

娜噢宓的口气像是在为我的愉悦感到高兴，她稍加思索后说，“接触多了，会发现那些人并不坏。”

“是啊，他们确实不坏。”

“不过，他们近期是否又会再拥过来呢。阿关的叔叔在这儿有别墅，他们说过今后要常来玩的。”

“怎么说呢，他们大概不至于随随便便地跑到我们这儿来吧……”

“难得的可以，经常来谁受得了！下次再来，别那么好地招待了，不留他们吃饭，差不多就打发他们回去。”

“可也不能赶人家走吧……”

“没什么不能的，我来直言奉告：你们在这儿添麻烦了，请回吧……不能这么说吗？”

“哼，你又会被熊谷嘲笑的。”

“嘲笑也不怕，人家特地来镰仓休假，是前来打扰的人不好……”

二人来到黝黑的松树底下，娜噢宓静静地站停了。

“让治。”她的声音温柔甜蜜，如幽微的倾诉。我懂得她的含义，无声地用双手把她的身子搂入怀里，急切地品味火热的嘴唇，宛如在大口大口地吞咽海水……

之后，十天的假期很快就过去了，我们依然沉浸在幸福之中。按照最初的计划，我每天从镰仓去公司上班。说要常来的阿关他们，只是过了一周之后才来过一次，几乎没看见他们的踪影。

到了月底，公司有一件需要紧急调查的事要办，我回家的时间变得晚了。一般我在七点之前回到家里，与娜噢宓共进晚餐。而这些天在公司要待到九点，回到家已是十一点多——这样的加班预定有五六天。

这是第四天晚上的事，原定干到九点的工作提早结束，八点左右我就离开公司，和平时一样在大井町坐上国营省线电车到横滨，再换乘火车到镰仓下车还不到十点。每天的连续加班——其实也不过三四天而已——回家都很晚，我想尽快回到家里见到娜噢宓，然后轻轻松松地吃晚饭。由于心情比平时急切，就在火车站前坐上人力车沿通向皇室别墅的道路跑去。

盛夏酷暑在公司里忙了一整天，回途中坐在火车里摇晃颠簸，而现在海岸边夜间的空气使我感到那么柔和，清爽。这一感觉并非只有这天晚上才有，不过今天傍晚这儿下过一场阵雨，湿淋淋的草叶和雨露滴落的松树枝头静静弥漫而起的水蒸气，令人感受到沁入肺腑的潮湿的香味儿。不时有闪亮的水塘映入眼帘，砂子路已经干了，十分干净，不见一点灰尘扬起。就像踏在平整泥地上一般，人力车夫的脚步轻轻啪啪地落在地面上。一家别墅的绿树围墙里传来留声机中的音乐声，有一两个身穿白色浴衣的人影在来回走动，一派置身于避暑胜地的真切心境油然而生。

在大门口下了人力车，穿过庭院走向屋子的廊檐，期待着娜噢宓一听见我的脚步声就拉开走廊边的纸槅门来迎接，可是，纸槅门内的房间里灯火通明，却悄无声息，不见她的身影。

“小娜……”

我叫了两三声，并没有人应答。打开廊边的纸槅门，房间是空着的。泳衣、毛巾、浴衣之类的东西在墙壁、格子门、壁龛处摊挂得到处皆是，茶具、烟灰缸、棉坐垫未经拾掇，客厅里的杂乱无章与平时一样，不过，这里毫无人气的宁静使我以恋人特有的感觉意识到，娜噢宓绝不是刚刚离去不久。

“上哪儿去了？……大概二三小时前就离开了……”

不过，我还是查看了厕所、澡间，还下到厨房里拧亮盥洗处的电灯确认。我看到水槽里堆放着不知是谁吃剩的西餐的残骸、喝剩的正宗日本清酒的一升装大酒瓶，对了，那烟灰缸里还有许多烟蒂，她的那帮同伙一定来过了……

我跑到花匠住的主屋，向家中女主人打听："太太，娜噢宓好像不在家，她上哪儿去了？"

"啊，您是问小姐呀……"

花匠老婆管娜噢宓叫"小姐"。虽然我们是夫妇俩，但娜噢宓希望别人把我俩看成同居者或订了婚的夫妇，不叫"小姐"她就不乐意。

"小姐在傍晚回来过一次，吃过饭后又和大家一起出去了。"

"大家是些什么人？"

"这……"房东太太有点语焉不详了，"那个叫熊谷的少爷和其他一些人……"

我对房东太太以"叫熊谷的少爷"来称呼他感到奇怪，不知道她是怎么知道熊谷这个名字的。不过眼下顾不上问清这些。

"您说傍晚她回来过，那么白天他们也在一起吗？"

"午后她一个人去海边游泳，然后就和熊谷少爷一起回来了……"

"就和熊谷君两人吗？"

"是的……"

其实，当时我并不显得那么慌张，可是，房东太太难以启齿，面有难色，且表情越来越不自然，这使我渐渐不安起来。我不愿让她看出我的心思，可说话的语气却不由得变得急躁了。

"那么说，她不是和大伙儿在一起吗？"

“是啊，那时是两个人，说是今天白天饭店里有舞会，就出去了……”

“之后呢?”

“然后是到傍晚时分和大伙儿一起回来的。”

“晚饭是大家一起在家吃的?”

“是的，可热闹呢……”房东太太说着，一边揣摩着我的眼神，一边苦笑。

“吃完饭再出去，大概是什么时候?”

“嗯，大概是八点出头吧……”

“那，已经有两小时了吧。”我不由得脱口而出，“他们是在饭店里吗？太太，没听说吗?”

“我不大清楚，会不会在别墅啊……”

有道理，我想起曾听说阿关叔叔的别墅在扇谷那边。

“啊，到别墅去啦。那我去接她。太太您知道那别墅在什么方向吗?”

“就在附近的长谷海岸边……”

“哎，是长谷吗？我听说是在扇谷……我所说的是娜噢宓的朋友阿关——今天晚上不知是否来过这儿——他叔叔的别墅……”

听我这么一说，花匠老婆的脸上掠过一丝惊讶。

“不是那幢别墅吗？……”

“哎……那个嘛……”

“您说的长谷的别墅，到底是谁的?”

“那……是熊谷亲戚的……”

“是熊谷君的……”

我的脸色一下子变得铁青。

房东太太告诉我说，从停车场顺着长谷大街左拐，再沿着海滨饭店前的路笔直前行，马路通向海边。路的尽头角落有一幢大久保的别墅，那就是熊谷的亲戚家。这些情况我都是第一次听说，娜噢宓和熊谷两人迄今为止对我只字不提。

“娜噢宓常去那幢别墅吗？”

“哎……这怎么说呢……”然而，她那惴惴不安的表情并未逃过我的眼睛。

“当然，今夜不会是第一次吧？”

我的呼吸自然而然地急促起来，话音开始颤抖，变得难以自控。我气势汹汹的表情使房东太太感到害怕，她的脸色也发白了。

“您放心，我不会给您添麻烦的，尽管说。昨夜怎么样？也出去了吗？”

“是的……昨夜也出去的……”

“那前天夜里呢？”

“嗯。”

“也出去了吧？”

“是的。”

“大前天呢？”

“是的，大前天也……”

“从我加班晚回来那天起，她每晚都出去吧？”

“哎……我也记不清了……”

“那她大概几点回家？”

“大概几点呀……快十一点时吧……”

原来，他俩从一开始就合伙欺骗我，难怪娜噢宓想来镰仓！——我的头脑中刮起了风暴，记忆飞速地将前一段娜噢宓的一言一行清晰地显现出来。刹那之间，用以蒙骗我的阴谋诡计明显地露出了马脚，其复杂的程度绝非我这等单纯的人可以想象，他们谎话连篇、精心策划，不知究竟有多少败类参与了这个阴谋的策划。我仿佛自己从平坦、安全的地面冷不防被人推下深不可测的陷阱，在井底艳羡嫉妒地目送娜噢宓和熊谷、浜田、阿关及无数人影哈哈大笑着通过。

“太太，我马上出去一趟，万一与她错过，她先回家了，请别告诉她我已经回来，我有我的主意。”说完，我立即跑到外面。

来到海滨饭店跟前，按照房东太太指点的路，尽量在暗处摸黑走去。路的两旁是并排而立的大别墅，夜阑人静，万籁俱寂，街上行人稀少，好在处处昏暗。借着门灯的亮光，我掏出表看时间，十点刚过。在那幢大久保的别墅里，她是和熊谷两人在一起呢，还是与那群家伙在共同疯闹？总之我要去现场探究一番。可以的话，最好是在不被他们发觉的情况下神不知鬼不觉地掌握证据，然后再看他们如何信口雌黄地百般狡辩。我想，只有这样，才能稳准狠地将他们击倒。于是，我加快了脚步。

很快找到了目标别墅，我在房子跟前的路上来回踯躅，窥视别墅的格局。气派非凡的石头大门里面是茂盛的树丛，树丛之间有一条小石子路直接通向别墅大门的玄关，无论是古色古香的“大久保别墅”的标牌文字，还是围住宽敞庭院的石墙上的青苔，都使人感到这儿与其说是别墅，毋宁说是年代久远的公馆更合适，熊谷居然在这儿有坐拥如此豪华宅第的亲戚，真叫我越想越感到意外。

我蹑手蹑脚地走进大门，尽量不让脚踩的碎石路发出声响。只是林木茂盛，一时难以判明主屋的位置。走近一看，奇怪的是，无论是大门还是边门、底楼还是二楼，都门窗紧闭，一眼所见的所有房间都寂静无声、一片漆黑。

“怪了！莫非熊谷的房间在后面？”

我想了想，又轻手轻脚地沿着主屋绕到别墅的背面，果然发现二楼有一间屋子和下面的厨房入口亮着灯。

我一眼就认出二楼是熊谷的房间，因为那把曼陀林倚靠在廊檐的栏杆边，我曾经看到过的那顶托斯卡纳礼帽挂在房间的立柱上。窗户敞开着，没有一点儿声音传出来，明摆着屋里没有人。

再一看，厨房门也敞开着，好像有人刚从那儿出去似的。借着那儿漏向地面的微弱的亮光，我发现四五米的前方有个后门，门上没有门扇，只有两根陈旧的门柱，打门柱间望去，只见由比浜的海滩上，夜晚飞溅的海浪变成一道明显的白线，浓烈的海潮腥味扑鼻而来。

“他们一定是从这儿出去的。”就在我从后门朝海岸边走去的同时，真真切切地听到娜噢宓的声音就在近处。之所以刚才没有听到，我想也许是风向的关系吧。……

“喂，沙子跑到鞋里去了，没法走路啦！谁来帮我弄掉这沙子？……阿熊，你来帮我脱鞋嘛！”

“讨厌！我可不是你的奴隶。”

“你那么说，我可不再疼你了！……还是阿浜热心……谢谢，谢谢！还是阿浜好，我最喜欢阿浜了！”

“妈的，别以为谁人好就欺负谁！”

"啊哈哈哈哈！不要嘛，阿浜，怎么这样挠人家脚心的痒痒!"

"顺便再舔上几口，就成小爸爸了!"

是阿关在说话，紧接着爆发出四五个男人的哄笑声。

我站立的地方正好是一个沙丘形成的斜坡，向下缓缓地斜移，那儿有一个用苇帘搭起的小茶馆，声音就是从那里传来的。我和小茶馆的距离不足十米。我从公司下班回来，身上还穿着那套茶色驼花呢的西服，我竖起衣领，扣好所有的衣扣，为的是遮掩里面彩色的衬衣，还摘下麦秸草帽藏到腋下，然后猫着腰爬行似的朝小屋后的水井后侧跑去。

突然听到娜噢宓领头说："好啦，我们到那边去看看吧。"然后他们鱼贯而出。这些人没发现我，从小屋前面走下波涛冲击的海岸。浜田、熊谷、阿关和中村，四个男人身穿和式浴衣，夹在中间的娜噢宓身穿黑色的斗篷，脚上穿着高跟鞋。她并没有把斗篷和高跟鞋带到镰仓来，肯定是问什么人借的。海边风大，将斗篷的底襟啪嗒啪嗒地吹翻，她用双手从里面紧紧拽住斗篷让它裹住自己的身子，每走一步，浑圆的大屁股都在斗篷里使劲扭动，她好像喝醉了，两只肩胛不时左右撞在两边男子的身上，一副故意步履蹒跚的模样。

我始终弓背弯腰屏息凝神，与他们保持五十米左右的距离，当他们白色的浴衣在远处显得模糊隐约时，便赶紧站起身来悄悄循迹尾随而去。起初我以为他们要去海岸边木材堆放处的方向，可是他们走到半途时渐渐偏向左侧，试图翻越朝城中方向去的沙山。当他们的身影消失在沙山后面时，我猛地快速朝山上冲击，因为我知道他们要去的地方是昏暗的别墅路，那儿松林茂密，是便于隐身的最佳地方。这样我可以更接近他们，而没有暴露之虞。

一下沙山，就听到他们开朗的歌声，这毫不奇怪，因为他们就在我五六步开外的地方，一边打着节拍，一边齐声合唱。

Just before the battle, mother,
I am thinking most of you...

那是娜噢宓常挂在嘴上的歌曲。熊谷走在最前面，像挥动指挥棒似的摆动双手，娜噢宓依然踉踉跄跄地左右晃荡着前行，被她撞上的男生也像划着摇晃的小艇，同样东倒西歪地趔趄。

“呀呼嘿，嗨哟！……呀呼嘿，嗨哟！”

“嗨，你干吗？这样用力，我要撞墙了！”

啪嗒啪嗒啪嗒，有人用手杖在敲打围墙，娜噢宓咯咯地欢笑着。

“来，这次是霍妮卡、呜哇、维克、维克！”

“来呀，这是夏威夷的扭臀舞，大家边唱边扭屁股吧！”

“霍妮卡、呜哇、维克、维克！可爱的黑姑娘哟，请你告诉我……”大伙儿一起扭起屁股来。

“啊哈哈哈哈，屁股是阿关扭得最棒！”

“那当然啦，我是做过专门研究的。”

“在哪儿？”

“在上野的和平博览会。嗨，你们在万国馆看过土著人跳舞吗？我可是去看了十天哪。”

“你可真傻。”

“你也该去万国馆看看，你那副长相，别人准会把你当作土著人的！”

“喂，阿熊，现在几点了？”是浜田在问，他没有喝酒，最不离谱。

“嗨，几点啦？没人带表吗？”

“嗯，我带了。”中村说着，划亮了火柴。

“哎，十点二十分。”

“没关系，不到十一点，小爸爸不会回来。现在到长谷路去兜一圈就回去。我想穿这身衣服到热闹的地方去走走。”

“赞成，赞成！”阿关高声吼道。

“不过，你这身打扮走在大街上，人家把你当什么？”

“怎么看也像个女头目。”

“我是女头目，那你们全成了我的属下。”

“是个盗贼啊。”

“那我就是弁天小僧啰？”

“是啊，女头目河合娜噢宓……”熊谷用无声电影解说员的语气说，“趁着夜色，身裹黑色斗篷……”

“呵呵呵，得了吧，这卑鄙下流的声音！”

“……亲率恶汉四人，打由比浜的海岸……”

“叫你别说，你偏要说！”娜噢宓“啪”地扇了熊谷一巴掌。

“啊，疼啊……卑鄙下流的声音才是我的真嗓音。我没能当上浪花曲的曲艺演员乃天下之憾事呀！”

“不过，玛丽·璧克馥可当不了女头目噢。”

“那是谁？是普莉西拉·迪安吗？”

“对，没错，是普莉西拉·迪安。”

“啦、啦、啦、啦——”浜田再次边唱舞曲边跳起舞来。我看他随着舞步，突然要转过身来，就敏捷地躲到树荫里，就在这同时，浜田“哦呀”一声叫了起来。

“这是谁呀？不是河合先生吗？”

大伙儿一下子安静下来，一动不动地站立着，扭头穿透夜幕看着我。我心想“糟糕！”却为时已晚。

“小爸爸！是小爸爸吗？你在那儿干啥啊？还不快到大伙儿中间来玩。”

娜噢宓突然毫无顾忌地走到我跟前，啪地打开斗篷，把双臂搭在我肩上。我一看，斗篷里，她竟然一丝不挂。

“你这是干什么呀？真给我丢脸！婊子！卖淫！该下地狱！”

“哦嗬嗬嗬！”她的笑声中喷出浓烈的酒气。迄今为止，我还从未见她喝过酒。

十六

当天晚上和第二天，我花了两天时间盘问，终于从倔强的娜噢宓嘴里了解到她欺骗我的这场阴谋的一端。

正如我的推测，娜噢宓之所以想来镰仓，就是为了与熊谷一起玩耍。阿关有亲戚在扇谷完全是子虚乌有的谎言。而长谷的大久保别墅正是熊谷叔叔的家，岂止这些，连我现在借住的这栋房子其实也是靠熊谷斡旋的，因为花匠家经常出入大久保家的宅第，由熊谷出面交涉，不知他是怎么跟人家说的，反正让原先的租住者退出，让我们住了进去。当然，这都是娜噢宓和熊谷密商后干的事，所谓的由杉崎女士周旋啦、东洋石油的董事啦，全是娜噢宓的一派胡言，难怪她就这样始终独自一人亲力亲为。按花匠太太的说法，她第一次来看房的时候，就是由熊谷“少爷”陪来的，当时她的举止言行活像是他们的家里人，再说这件事事先也打过招呼，所以房东家只能让原先的房客搬走，将房子腾给了我们。

“太太，因为这些出人意料的情况给您添了许多麻烦，真是对不起。您能把所知道的情况都告诉我吗？任何情况之下我都不会说出您的名字的。我也不会就此事去责备熊谷，只想了解事实的真相。”

次日，我向从未缺勤的公司请了假，对娜噢宓严加看管，对她坚持“一步也不许走出家门”，还把她的衣物、鞋袜及钱包统统搬到房东的主屋，在那儿再次向太太询问。

“那么，我不在家的时候，他俩是否很早就开始来往了？”

“是啊，始终来往，有时是少爷过来，有时是小姐出门……”

“究竟是什么人住在大久保别墅里呢？”

“今年他们全家人都回本家居住，所以不时能够碰上。不过大多数时间就熊谷少爷一个人住。”

“那熊谷君的那些朋友怎么样？那些人会常来吗？”

“是的，他们常来。”

“那么是熊谷君带他们来，还是他们各自随意前来？”

“这个嘛……”

——我是后来才察觉的，当时，房东太太一副相当为难的样子。

“有时候各自来，有时候与少爷一起来，不相同的……”

“除了熊谷君之外，还有谁会一个人单独来？”

“那位叫浜田的先生，另外几个也单独来过……”

“那种场合，他们是否也会外出？”

“不会，他们大都在家里闲聊。”

我最最感到不可思议的就是这一点。倘若娜噢宓与熊谷关系不正常，那为什么还让那伙会成为他们妨碍的家伙上门？当他们中一人单独来访时，娜噢宓为什么又和他聊天？如果那些人对娜噢宓都另有所图的话，为什么他们之间又不因争风吃醋而吵架？昨天夜晚四个男人居然那么友好地嬉戏玩闹，如此一想，我就更糊涂了，心中不免怀疑，娜噢宓和熊谷果真保持着男女间的暧昧关系吗？

然而，对于这一点，娜噢宓却轻易不肯改口，始终坚持认为，自己绝无什么不可告人的企图，只是爱和大伙儿一起疯闹而已。谈到为何那么处心积虑地对我进行欺骗时，她回答说：

“是小爸爸多疑，会疑神疑鬼地怀疑人家。”

“那你说的阿关的别墅又是怎么回事儿？阿关的和熊谷的有何区别？”

听到我的问题，娜噢宓一时语塞，难以回答，她马上低下头去，默不吱声，紧咬着嘴唇，翻起眼直盯着我。

“不过，阿熊是最受你怀疑的人……所以我想说成是阿关的，可能会好些。”

“别口口声声阿熊阿熊的！他不是有熊谷的大名么？”

我最终忍无可忍，勃然大怒。一听到她叫“阿熊”，就恶心讨厌得想吐。“喂，你跟熊谷发生过关系吗？老实说！”

“怎么会发生关系呢？你那么怀疑我，有证据吗？”

“即便没有证据，我心中也很明白。”

“凭什么？……你怎么明白的？”

娜噢宓的态度显得出奇的平静，嘴角边还泛起颇令人生气的讪笑。

“昨夜你们那种丑态算什么？你那伤风败俗的丑行能说是清白的吗？”

“那是他们硬把我灌醉，逼我那么做的！……其实只是到街上走走而已。”

“住口！你还坚持认为自己是清白的?”

“对，我是清白的!”

“你能发誓吗?”

“好，我发誓!”

“行啊，你别忘了你的誓言！不过，我对你的话已经一句也不相信了。”

之后，我就再也不理她了。

我害怕她会跟熊谷通信联系，就把信笺、信封、墨水、铅笔、钢笔、邮票等所有的物品都悉数收掉，将它们和她的行李一起寄存在花匠太太那，而且为了不让她在我不在家时出门，只给她留下一件红色的绉绸睡袍。到了第三天的早晨，我装作去公司上班的样子离开了镰仓。在火车里一个劲地冥思苦想，怎么才能得到证据，结果，决定还是先去空关了一月之久的大森的家里看看。如果她确实与熊谷有染，就不会始于这个夏季。我想，到家里去搜查一下娜噢宓的东西，或许能找到信件之类的东西。

那一天我乘的火车比平时晚了一班，来到大森的家门口时差不多已经是十点钟了。我走上正门前的停车廊，用钥匙打开房门，穿过画室，爬上阁楼想去查查她的房间。可一打开房门，一步跨进去的刹那间，我不由得“啊”地失声叫了起来，紧张得惊呆了。那儿独自一人茫茫然地横躺着的不正是浜田嘛!

他见我进屋，“哎呀”一声，一下子红着脸坐了起来。

“哎呀”一声后，双方默不吱声地互相对视着，那眼神仿佛要看穿对方似的。

“浜田君……你为什么会在我家里？……”

浜田想说又不说地嗫嚅着，低着头，像在乞求怜悯。

“你说呀，浜田君……你什么时候到这里的?”

“我是刚刚……刚刚来的。”

他知道自己已经无法逃脱，才一狠心明确答道。

“可这个家是上了锁的呀，你是从哪儿进来的?”

“从后门……”

“后门也是上了锁的……”

“嗯，我有钥匙的……”浜田的声音轻得几乎听不见。

“钥匙?……你怎么会有?”

“是娜噢宓小姐给的——我这么一说，您大概应该知道我为什么会来这儿的原因了……”

浜田平静地抬起头，目光炯炯地从正面直视着目瞪口呆的我，他的表情中有一种一旦有事时敢于担当、表里如一的公子哥儿的风范，而不是平时那种流里流气的模样。

“河合先生，我可以想象今天您突然出现在这儿的缘由，我欺骗了您，不管您怎么制裁，我也心甘情愿地接受。事到如今再说这些也不自然，其实我早就……打算在这件事败露之前，向您坦白自己的罪行。……”

说着说着，浜田的眼中噙满泪水，顺着脸颊潸然而下，眼前的一切，都在我的意料之外。我默默地眨着眼注视着他，即使我愿相信他的自白，可还是有许多疑团难以释怀。

“河合先生，您能够宽恕我么?”

“不过浜田君，我还是不明白，你问娜噢宓要了钥匙，到这儿来干什么呢?”

“在这儿……今天在这儿……约定和娜噢宓相会。”

“什么？和娜噢宓在这儿约会？”

“是的。……不仅仅是今天，已经有过好几次了……”

继续追问下去，浜田交代说，我们搬到镰仓来住以后，他和娜噢宓在这里密会过三次。也就是说，在我上班之后，娜噢宓搭上晚一班或两班的火车来到大森。她总是在上午十点左右来，十一点半时回去，回到镰仓一般是下午一点左右，这样做的目的其实是为了不让房东们发现她去过大森。今天浜田十点钟又约好与她碰头，刚才我上楼时，他还满心以为是娜噢宓来了呢。

对于他这令人惊讶的自白使我脑袋一片空白，茫然自失，目瞪口呆。——这实在太不像话，成何体统！事实上当时我的心情就是这样的。那时我是三十二岁，娜噢宓十九岁。一个十九岁的姑娘家，居然如此大胆、如此狡黠地欺骗我！我以前从未——不，直到现在，我还不认为娜噢宓是如此歹毒可怖的少女。

“你和娜噢宓究竟从什么时候建立这种关系的？”

我刨根问底地追问，试图了解事实的真相，把是否原谅浜田的问题撇在脑后。

“在很早以前，恐怕那时您还不认识我……”

“我第一次见到你是什么时候呀？——是去年的秋天吧，我从公司下班回来，你和娜噢宓站在花坛处交谈。是吗？”

“是的，差不多正好一年吧……”

“这么说来，从那时就开始了？……”

“不，比那时还要早。我是去年三月开始去杉崎女士处学弹钢琴的，在那儿首次遇到了娜噢宓小姐。那之后不久，大概是三月以后吧……”

“当时是在哪儿会面的?”

“也是在这儿，大森的家里。娜噢宓小姐说，上午她哪儿也不去学习，一人在家挺寂寞，邀请我来玩，最早我是出于这个缘由来的。”

“哼，这么说，是娜噢宓叫你来玩的啰?”

“对，没错，而且我完全不知道您的存在。娜噢宓小姐说，她的老家在乡下，来到大森的亲戚家，与您是表兄妹关系。在您去黄金国咖啡馆跳舞的时候，我才知道你们并不是那种关系。不过，那时我……已经没有办法解脱了。”

“今年夏天，娜噢宓想去镰仓的事与你商量过吧?”

“没有。她商量过的不是我，而是熊谷怂恿她去镰仓的。”浜田说着，突然加强了语气，“河合先生，被欺骗的不仅仅是您，我也受骗了!”

“……那么，娜噢宓和熊谷也……”

“是的，现在最能自由驾驭娜噢宓小姐的是熊谷，我也隐隐约约地感知娜噢宓小姐是喜欢熊谷的。可是，我做梦也没有想到，她一方面与我有关系，另一方面又和熊谷那么干。而且，娜噢宓小姐总是说，自己只是喜欢和男性朋友一起无忧无虑地玩耍，不会做任何出格的事，我对她所说的都信以为真了……”

“哎。”我叹了口气说道，“那就是娜噢宓惯用的手法，她对我也是这么说的，我也相信了……那你是什么时候发现她和熊谷也保持关系的?”

“有一天晚上下大雨，我们不是在您家挤在一起睡觉吗? 我就是那天夜晚发现的。……那天夜晚，我真是由衷地同情您，当晚他俩恬不知耻的行为，我觉得他们的关系怎么说也不正常。我自己越是嫉妒，就越能感受到您的心情。”

“那你是从他俩那晚的态度加以推测、想象的吗?”

“不，不是的。我的想象有事实的依据。黎明时，您睡着了可能不知道，我迷迷糊糊之中，看到他俩在接吻。”

“娜噢宓知道被你发现的事吗?”

“对，知道。我之后告诉她了，还对她说，一定要和熊谷断绝关系。我讨厌自己被当作玩具那样摆布。既然已经那样了，我只能娶她……”

“你要娶她？……”

“哎，是的。我打算向您公开我们的恋情，以及娶娜噢宓为妻的想法。她还说您是颇明事理的人，只要把我们为爱痛苦的心情告诉您，就会得到您的慨允。我不知道实际情况如何，照娜噢宓的说法，您是希望她受到好的教育才养育她的，现在虽是同居关系，但并未说过一定要结为连理，再说你们俩岁数相差很大，即便结了婚也不知道能否获得幸福……”

“她是那么……娜噢宓是那么说的吗?”

“她是那么说的。她一再向我保证，会尽快与您谈，让您同意我们结婚，让我再等一等。还说一定会与熊谷断了关系。但是所有这些话都是信口胡说的，她打一开始起就没打算与我结婚。”

“那么娜噢宓与熊谷君也是这么约定的吗?”

“这个嘛，我倒不是很清楚，不过我想应该是的。娜噢宓是个生性朝秦暮楚的人，熊谷一方也是在逢场作戏，他比我狡猾多了……”

不可思议的是，我原本就并不憎恨浜田，听他这么一讲，反而产生了一种同病相怜的情感，单凭这一点，也就更加憎恨熊谷，强烈地感受到熊谷才是我们俩共同的敌人。

“浜田君，这儿不是久聊的地方，找个地方一边吃一边慢慢谈吧。我还有许多事想向你打听呢。”

于是，我带他出门，西餐馆不便交谈，我们去了大森海岸边的松浅日本饭馆。

“今天，河合先生不用上班吗？”浜田已不像刚才那么激动，似乎已经卸下了沉重的包袱，以一种融洽交谈的口吻提问。

“是啊，昨天就请了假。近来，又忙得出奇，不去上班真是不好意思，不过，打前天起，我就心乱如麻，哪有上班的心思呀……”

“娜嗅宓小姐知道您今天到大森来的事吗？”

“昨天我在家待了一整天，今天对她说去上班。她精怪得很，或许之后会有所察觉的，不过大概不会想到我会来大森。我是想到她的房间里来翻翻有没有她的情书什么的，才临时起意弯过来的。”

“原来这样，我还以为您是来抓我的呢。不过，待会儿娜嗅宓小姐来了怎么办？”

“不，没关系……我已经收掉了她的衣物和钱包，叫她不能离家一步，她穿着那身衣服，恐怕连门口都不能站。”

“唉，她穿着什么呀？”

“哦，你应该知道的，就是那件粉红色绉绸长袍。”

“啊，是那一件呀。”

“她只穿了那一件，连一根细腰带也没有，保险没问题，就像野兽被关进了笼子。”

“可是，要是她闯进刚才的屋子里，会怎么样啊？准会闹个天翻地覆的吧。”

“那么，你们究竟是什么时候约定今天见面的？”

“是前天——就是被您发现的那天晚上。那天晚上我闹别扭，娜噢宓小姐大概是为了取悦我吧，约我后天去大森。当然我也不好，其实我要么与娜噢宓小姐绝交，要么应该和熊谷大吵一场，可我却做不到。我觉得自己窝窝囊囊的，胆小怯懦，最终还是与那帮家伙苟合着混在一起。所以虽说是娜噢宓小姐欺骗了我，归根结底还是自己傻呀。”

我觉得他这番话是在说我。当我俩走过松浅饭馆大堂面对面而坐时，我甚至觉得眼前的他还真是可爱。

十七

“浜田君，你对我说了实话，我很高兴。来，先干一杯吧！”说着，我伸出端着酒杯的手臂。

“这么说，河合先生已经原谅我了？”

“谈不上原谅不原谅的。娜噢宓骗了你，你不知道我和她的关系，所以一点没有过错。我不会怪罪你的。”

“哦，谢谢。您那么说，我就放心了。”

不过，浜田还是有点不好意思，对他劝酒也不喝，低着头，颇为拘谨地一句一顿地说着。过了一会儿，他似乎思忖良久后问：“怎么说呢，冒昧问一句，河合先生与娜噢宓小姐不是亲戚关系吗？”过了一会儿，他像想不通似的，还轻轻叹了口气。

“是啊，根本就不是什么亲戚。我出生在宇都宫，是地道的东京人，娘家至今还住东京。她想去上学，但因为家庭原因没上成，我可怜她，在她十五岁时收养了她。”

“那么，现在你们结婚了吗？”

“是的，没错。我们得到双方家长的认可，正式办理了结婚手续。不过那时她刚十六岁，因为年龄太小，将她当作‘太太’对待有点怪怪的，她本人也不乐意，所以我的确与她说定，暂时先以朋友的形式一起生活。”

“噢，原来如此。这就是误解的起因。从外表看娜噢宓小姐，也不像是已婚的，她自己又不说，所以我们都被蒙骗了。”

“娜噢宓是不好，不过我也有责任。我觉得社会上所谓的‘夫妇’关系没什么意思，主张尽量不要像普通夫妇那样生活。没想到这种想法大错特错了，今后理应改善。不，其实我已经吃够了苦头。”

“您应该那样做。此外，河合先生，我知道搁置自己的错误去议论别人的做法是可笑的，可是，熊谷这个人很坏，您得多加提防。我绝不是记恨他，他和阿关、中村那帮家伙都不是什么好东西。娜噢宓本身并不坏，全是那帮家伙在唆使她……”

浜田的双眼再次闪烁着泪花，话音极其动情。原来这个青年居然如此真情实意地爱着娜噢宓呀，想到这儿，我不禁既感激又内疚。倘若我不告知他我俩已经是夫妇关系，他一定会主动提出要我把娜噢宓让给他的请求吧。岂止如此，就是眼下，只要我表示放弃娜噢宓，他也会立马答应接受她的吧。我确信，从眉宇之间溢出的动容的热情看，他是有这种决心的。

“浜田君，我听从你的劝告，打算在两三天中了结这件事。娜噢宓要是真能和熊谷断了关系，那固然好，否则，与她一起多待一天都是心情不悦的……”

“不过，不过，您可千万别抛弃娜噢宓小姐。”浜田匆忙打断我的话，“要是您不管她，娜噢宓小姐肯定会堕落的，她本身没有过错……”

“谢谢，由衷感谢你！对于你的好意，我真的感到高兴。没错，我从她十五岁起就照应她的生活，哪怕被世人笑话，我也不想放弃她！只是那丫头太倔强，我在操心怎样才能巧妙地使她和坏朋友们分手。”

“娜噢宓小姐生性固执，为一点不值一提的小事与她争吵，会造成难以挽回的后果，请尽量好自为之。瞧我，这话说得太狂妄自大了……”

我一遍又一遍地对浜田表示感谢。我俩之间要是没有年龄之别、地位之差，如果我俩是亲密的老朋友关系，没准我会牵起他的手，和他热烈地拥抱、喜极而泣的，当时我的心情的确到达了这种程度。

“浜田君，今后我会只请你一人来玩，你不必客气。”告别之前我对他说。

“行。不过，最近一段恐怕去不了。”他有点手足无措，低着头说，像是不愿让我看到他的脸。

“那又为什么呢？”

“这一阵……得先等到我能够忘掉娜噢宓小姐的时候。……”

说着，他戴上帽子，掩饰着热泪，道一声“再见”，自松浅饭馆前朝品川方向走去。他没乘电车，径自徒步离去。

接下来，我还是去了公司，当然不可能定心做什么工作。心里难以放下的是：娜噢宓那家伙，此刻正在干些什么。她只有一件睡衣，被我孤单地扔在家里，不至于再跑到哪里去吧。之所以这样想，实在是因为我遭遇了层出不穷的种种意外，并一再受到欺骗，我的神经已变得异常敏锐，开始病态似的想象和臆测各种可能出现的情况，于是乎，娜噢宓变得更加不可思议地神通广大起来，绝非我的智慧所能企及，我怎么也无法安下心来，不知什么时候她又会搞出什么名堂来。心神不宁的我总觉得自己不在家的时候会冒出什么想不到的事件来。我匆匆忙忙地办完公司的事，急急忙忙地赶回镰仓。

“你好，我回来了。”

一看到站在门口的房东太太，我立刻打招呼问道：

“她在家吗？”

“嗯，好像在家。”

我放下心来，再问：“没人来访吧？”

“没有人来过。”

“怎么样？情况如何？”

我用下巴冲着我们租住的房子扬一扬，对房东太太使了个眼色。这时我才发现，娜噢宓所在的屋子里，纸槅门关着，玻璃窗中昏暗静谧，看上去好像空无一人。

“那么，是什么情况呢？……她整天都待在屋里……”

哼，总算在家里憋了一天！不过，由于过于宁静，我心里反而有点扑通乱跳，不知她状况如何、表情如何。我悄悄走上廊檐，打开纸槅门。虽然已过黄昏六点，娜噢宓依然在没有亮光的屋子里侧的角落里衣着不整地仰面熟睡着。因为被蚊子蜇咬而左翻右滚睡不安稳的缘故吧，她把我的雨衣裹在腰间，可这雨衣只是盖住了下腹部那块地方，雪白的手脚从粉红色的睡衣里伸出来，就像开水焯过的包心菜茎一般白嫩。不幸的是，一到这种时候，我又被她的魅力撩动心房，不由躁动起来。我默默地打开电灯，很快换上和服，故意将壁橱门弄得吱呀作响。可是不知道她是否知道我已经回来，依然安稳地熟睡着。

“喂，可以醒醒了，天也黑了……”

我无所事事地靠在桌边，装作写信的样子，三十分钟后，终于憋不下去，开始对她发声。

“嗯……”她睡意朦胧，颇不情愿地回应。

“嗨，还不起来吗？”在我大声吼了两三嗓后，她又“嗯……”了一声，依然没有起身的动静。

“喂，怎么回事呀！听见没有？”

我站起来，用脚粗暴地摇晃她的腰部。

“啊——啊。”

她先是伸直两条纤柔的臂膀，攥紧两只红红的小拳头向外杵去，强忍下一个哈欠，从容不迫地坐起身来，偷偷瞥了我一眼，马上调转头去，不停地挠起脚背、小腿肚子和背脊上被蚊子叮咬过的地方，不知是睡得太久还是偷偷哭过，她的眼睛充血，一团糟的头发耷拉在双肩，活像一个妖怪。

“快，换上衣服，别那副模样。”

我去房东屋里拿来包袱，放在她跟前。她一言不发，傲气地板着脸换好衣服。随后晚饭送了进来，默默吃完，其间两人谁都不说一句话。

在这长长的、郁闷的对视中，我一直在琢磨怎样才能让她坦白招供，怎么才能使这倔强的女人老实认错。诚然，我还记着浜田对自己的忠告：娜噢宓小姐生性固执，为一点不值一提的小事与她争吵，会造成难以挽回的后果。他的忠告或许来自自己的实践，我也常有相同的体验。总之，最主要是不可激怒她，说话时要巧妙、有艺术，别惹她不悦，不与她争吵，同时也不能让她觉得我宽容好商量。因此，以法官似的态度对她盘问是最危险的，要是从正面逼问她：你和熊谷都干了这些事吧？你和浜田也有那么一腿吧？她绝不是个会惶恐认错的女人，一定会进行反抗，死不认账地硬扛到底。如此一来，我也会心焦不安、火冒三丈。事情发展到那种地步就完了，所以，逼问方式并不可取。于是乎，我想到摒弃让她坦白交代的想法，而是自己主动把今天发生的事告诉她，这样的话，她再刚愎也无法矢口否认吧。

主意一定，我就试探着说："今天上午十点我回大森家时，碰到了浜田。"

她的鼻子里"嗯"了一声，有点儿吃惊，赶紧避开我的视线。

"我跟他闲聊了一阵，到了吃饭的时间，请他到松浅一起吃了顿饭……"

娜噢宓没有应答，我一边诲尔谆谆，一边一直对她察言观色，尽量不用嘲讽的口吻。直到讲完，娜噢宓始终低着头在听，完全没有胆怯的样子，只是脸色稍稍有点儿发青而已。

"既然浜田如实告诉了我，所以我不向你打听，一切也了如指掌，你也不必死扛着不认账。做错了就是错了，只要承认就行……怎么样？是你错了吗？你承认吗？"娜噢宓就是不回答，我所担心的逼问形式似要出现。"怎么样？小娜。"我尽量用温和的口吻说，"只要你承认错误，我就既往不咎。我也不会逼你跪着道歉。只要你保证今后不再犯同样的错误就好。怎么样，该明白了吧？会说认错吗？"

于是，娜噢宓适时轻轻点了点头，“嗯”了一声。

“那么说，你该明白了。今后别再跟熊谷他们一起玩了。”

“嗯。”

“说到做到，能保证吗？”

“嗯。”

娜噢宓就用她“嗯”的答复，使我俩体面地解决了危机，达成了和解。

十八

当天夜晚，我和娜噢宓在床上温存地闲聊，就像什么事也没发生过似的。然而，要说我的真实心情，就绝非那么愉悦和爽快了。身边的这个女人已不再是纯洁无瑕的——这种阴霾不仅笼罩我的心头，而且使我的宝贝女人的价值丢失了大半。这是因为娜噢宓的价值的大部分就在于我对她的亲力亲为的养育，是我亲自造就了她，而且只有我才对她肉体的任何部分都了如指掌，也就是说，娜噢宓如同我亲手栽培的一颗硕果。迄今为止，我经历了何等的千辛万苦，才殚精竭虑地培育出如此成熟美妙的果实，所以，能够品尝她的只有我这个栽培者，这是我理所当然的报酬，其他任何人都不该有这样的权利，然而，现在竟然在不知不觉当中被完全不搭界的他人剥皮吞噬。一旦遭遇玷污，那么不管她如何追悔道歉，也无可挽回了，因为两个盗贼的沾满淤泥的脚印将会永远留在“她的肌肤”这块宝贵的圣地上。只要一想到这一点，我就心疼得无以复加。我并不憎恨娜噢宓，只是这种局面的出现令我恨得咬牙切齿。

“让治，原谅我……”

娜噢宓见我默默地流泪，一改白天时的态度，对我说，我照例哭着点头答应。然而，即便嘴上说“啊，会原谅你”，内心却怎么也消除不了那种无可挽回和弥补的懊丧。

在镰仓度过的夏天就这样以我的惨败而告终，我们又回到了大森的家中。不过，由于我心中的芥蒂并未消除，在任何场所都会自然地流露出来，所以，两人间的关系难以变得和谐融洽。虽然表面上看我们是和解了，但我心里根本不可能宽恕她。去上班时依然担忧她会与熊谷幽会，自己不在家时就会担心她的行动，每天总要装着离家出门，然后悄悄绕到后门站立静观，她去学英语和音乐的日子，我会悄悄尾随跟踪，不时乘其不备偷看她的来信内容，一来一去的，我怀着密探一般的心情对待她，而娜噢宓呢，像在心中嘲笑我那些小儿科的手法，虽然嘴上不来争辩，行为却变得古怪乖戾。

“喂，娜噢宓！”一天夜晚，我摇着冷冰冰地板着脸装睡的她的身子叫道（那时我已经不叫她“小娜”，而是以“娜噢宓”直呼其名了）。

“怎么回事呀……摆出装睡的样子。你就那么讨厌我吗？……”

“我可没有装睡，只是想睡而闭上眼睛而已。”

“那你就睁开眼来，我有话跟你说，你闭着眼睛像话吗！”

听我这么说，娜噢宓不得已把眼睛稍稍睁开一条缝，眼睫毛的阴影里眯缝着的眼睛望着我，使她的表情显得更加冷酷。

“是吗？你讨厌我吧？如果是你就明说吧……”

“你干吗这么问？……”

“我从你的神态就能看出来。这段时间我俩虽然没有争吵，但在内心深处却在勾心斗角，这样的话，我们还算夫妻吗？”

“我可没有与你勾心斗角，那样做的正是你！”

“一只碗不响，两只碗才叮当吧。你的态度令我难以放心，所以我才起疑……”

“哼。”她的鼻尖处浮出讥讽的笑容，打断我的话，“那你说说，我的态度哪里不正常？有的话拿出证据来！”

“证据嘛，倒是没有……”

“没有证据却还要怀疑，这就是你的不是。你不相信我，不给我一个妻子的自由和权利，还要我和你过像样的夫妻生活，那是不可能的！让治啊，你以为我什么都不知道吗？你偷看我的信件，像侦探那样跟踪我……我全知道。”

“这是我不好，可对我来说，因为事出有因，所以才变得神经过敏。你应该理解这一点。”

“那我究竟该怎么办？我们不是说好以前的事不再提了吗？”

“我要你真心地对待我、爱我，使我真正得以安心。”

“那么，首先你得相信我……”

“好好，我相信你，今后一定相信你！”

在这里，我必须坦白一个男人的卑贱。白天姑且不谈，一到夜晚我就是她的手下败将，与其说我败给了她，毋宁说是她征服了我体内的兽性。说句老实话，我还远远谈不上对她业已信任，可我的兽性却强迫我盲目地向她投降，让我抛弃一切向她妥协。也就是说，娜噢宓对我而言，早就不是什么珍贵的宝物，难得的偶像，而是变成了一个娼妇。她的身上没有恋人的清纯，没有夫妇之间的情爱，那些东西已成为过去的梦幻而烟消云散了！既然如此，为什么我还要如此迷恋不贞、污秽的娜噢宓呢？那完全是因为她肉体的魅力，我只是被她的肉体拖曳着前行。这既是娜噢宓的堕落，也是我的堕落。因为我已经舍弃了一个男人的节操、洁癖和纯情，抛却了过去的自傲，在一个妓女面前恬不知耻地弯腰屈身，有时竟然把这卑鄙无耻的娼妇当作女神来顶礼膜拜。

可恨的是，娜噢宓对我的这一弱点了如指掌。她深知自己的肉体对男人而言是难以抵御的诱惑，一到夜晚就能击败男性。意识到这一点，白天她就会摆出一副极为简慢冷淡的态度，自己只是将“女性”出卖给眼前的这个男人而已，除此之外对他是既无兴趣也无因缘。她的这种想法越来越露骨地表现出来，如同陌生人一般对我冷若冰霜、不理不睬，偶尔我与她搭话，也不好好地回答，非答不可时，仅用“是”和“不”来表示。我只能认为这是她在内心对我进行消极的反抗，向我显示她对我的极度的蔑视。——当我来到她跟前时，她会瞪着眼睛，仿佛对我说道：“让治，我对你再冷淡，你也没有生气的权利！你不是从我身上取走了你能取走的东西吗？你不是因此而感到满足了吗？”而且她的眼神还动不动毫不掩饰地流露出鄙视的情绪：“哼，多么可恨的家伙呀！活像一条狗那么下贱，我是被逼无奈，只能忍受而已。”

但是，这种冷战状态是不可能长久持续的。双方都在揣摩对方的心思，进行阴险的暗斗，谁都做好了总有一天会爆发摊牌的精神准备。一天晚上，我以比平时更加温柔的口吻叫她：“我说，娜噢宓呀。咱们都不要再这样无谓地憋气、任性下去了，我不知道你的想法，我可再也受不了这样无情的、冷冰冰的生活了……”

“那你打算怎么办？”

“让我们再一次重新成为一对真正的夫妻，我们俩都不要再怄气了，这样下去可不好。我们应该认真、努力地唤回以往的幸福才对。”

“再怎么努力，情感这东西是很难恢复的。”

“也许你说的也对。不过我想我们俩重获幸福的办法还是有的，只要你肯答应……”

“什么办法？”

“你帮我生个孩子吧，做个母亲吧。只要生一个孩子，我们就能成为真正意义上的夫妇，就能获得幸福！拜托你，能答应我吗？”

“我不同意。”娜噢宓当场干脆地拒绝，“你不是要求我别生孩子吗？要我做永远年轻的姑娘。你说过，夫妻间有了孩子是最最可怕的事。”

“没错，过去是曾经这样想过……”

“这么说，你已经不打算像过去那样爱我了？无论我怎样老衰、怎样丑陋都没有关系了？不错，准是这样的。就是，你已经不爱我了！”

“你误会了。我曾经像朋友那样爱你，今后要把你当作真正的妻子来相爱。……”

“那样的话，你认为还能找回过去那种幸福吗？”

“或许不会像过去那样，但真正的幸福……”

“不，不要！我已经受够了！”我的话还未说完，她就猛烈地摇晃着脑袋，“我要的是过去那样的幸福，否则就宁可不要。我是和你有了这样的约定才来到这儿的！”

十九

倘若娜噢宓怎么也不愿生孩子，我另有办法，那就是舍弃这个“童话之家”，去建立更加正常的、符合常理的家庭。说起来，正因为我们崇尚“纯朴生活”的美名，所以才选择了这栋奇妙却极不实用的画室居住，然而，也就是这栋房子，才使我们的生活变得懒散、颓丧。一对年轻的夫妻，家中连个女佣也不雇用，双方任意地使性子，哪儿还谈得上什么“纯朴”，品行有失检点及放荡不羁是必然的结局。因而我决定雇一个女佣和一个炊事员，以便我不在家时监视娜噢宓的行为。这就需要把家搬到能够住下我们夫妇俩和两位女佣的面向中层绅士阶级的纯日本式住宅去，而不是那种所谓的“文化住宅”。卖掉至今一直使用的西式家具，全部更换成日本式家具，还要为娜噢宓买一架钢琴。这么一来，她的音乐课就可请杉崎女士上门来教，英语也可请哈里逊小姐来家里上课，娜噢宓自然就没了外出的机会。要实施这个计划需要一大笔钱，我把计划告知老家，决定凑齐资金之前，先对娜噢宓保密，独自一人到处寻找房源和估算采购家具的开销。

老家寄来一千五百圆的汇款，说是先汇上这些。接着我又拜托家里介绍女佣，与汇款同步寄到的信中，母亲这样写道：“有一位十分合适的女佣叫阿花，就是家里雇用的仙太郎的女儿，今年十五岁，你也知道她的脾气，可以放心地使用。烧饭的女佣也在设法寻找，要搬迁的住处决定后就让她们去东京。”

娜噢宓隐隐约约地觉察到我背着她试图要搞什么名堂，起初她显得相当沉稳冷静，摆出一副“我倒要看看你有什么招数”的架势，可是，就在母亲来信送达后两三天的一个夜晚，她突然以撒娇般的——又因为是突然，撒的娇奇妙地含有嘲讽口气——谄媚声音对我说：

“让治呀，我想要一身西服，你答应帮我做吗？”

“西服？”

我大吃一惊，直直地紧盯着她的脸，很快意识到：“哈哈，这家伙知道我来了汇款，在试着打探我呢。”

“怎么样，行吧？不做西服做和服也成，冬季出门时可用。”

“眼下我不会给你添置这类东西。”

“为什么呀？”

“你的衣服太多了！”

“虽然不少，但都穿腻了，想置新的。”

“决不允许你那么奢侈！”

“是吗？那你那笔钱派啥用场？”

到底发动攻击了！我佯装不知地说：“钱？哪儿有呀？”

“让治，我看了你放在书箱下面的那份挂号信。我想，既然让治可以随便看别人的信，那我看看你的也无妨吧……”

她的话令我实感意外，我完全没想到她已经读了摆在书箱底下的妈妈来信的全文，一开始只觉得她是猜测我的挂号信中有汇款。她准是为了探知我的秘密计划，到处在寻找我的信件。现在，她既然已看到这封信，那么不仅是汇款的金额，连搬家的打算、雇用女佣的打算也全都暴露了。

“你有那么多钱，帮我做一件衣服还不行吗？……记得你曾经说过，为了你，住再狭小的房子、过再拮据的日子都能忍受，我的钱尽量让你去享受挥霍。这些话你都忘了吗？你和那时相比完全变了！”

“我爱你的心没变，只是爱的方式变了。”

“那你为什么忙着要我搬家？也不跟我商量，打算用命令的方式行事吗？”

“找到合适的房源后，当然会和你商量的……”我用缓和的语调，安抚似的解释说，“我说娜噢宓呀，我还是真心希望让你能过上享受的生活，不光是穿着，还要住好的房子，整个儿提高你的生活水平，让你当个贵夫人。所以你不必有什么抱怨。”

“是吗？那我可真得谢谢你……”

“那明天你就和我一起去找房子，找一个比这儿房间多，只要你满意的，哪儿都成。”

“那我要西式的房子，日本式的就免了吧！……”

我一时难以作答。这时，娜噢宓露出“叫你知道我的厉害”般的眼神，咬牙切齿地说：“女佣我也会托浅草娘家去找，你把那个乡巴佬给我回绝掉！因为女佣是我使唤的。”

此类口角频繁发生，两人间的气氛越来越紧张，有时常常一整天也不说一句话。最后在打镰仓回大森的两个月后的十一月上旬，我发现了娜噢宓依然保持着与熊谷的关系的确切证据时，彻底爆发了。

掌握其铁证的过程，我已没有必要在此详述。打一开始起，我一边用心为搬家做各种准备，另一方面凭自己的直觉，紧盯着娜噢宓诡谲的行状，丝毫没有放松对她实施的侦探式的监视。有一天，她和熊谷狗胆包天地在大森家附近的曙楼密会后出来时，终于被我逮了个正着。

那天早晨，我看到娜噢宓的化妆比平时艳丽，遂起了疑心。一出家门就立即折返，藏身在后门储藏室的炭包后面（因为这缘故，当时我常常请假不去上班），果然，一到九点时分，她就打扮得花枝招展地出了门，而今天并不是学习的日子。她没有去车站，而是快步朝相反方向走去。等她走出十米开外，我赶紧跑到家里，拉出学生时代用过的披风和帽子，披在西服外面，光着脚穿上木屐跑到屋外，远远跟踪着。接着看见她走进了曙楼，十分钟后，熊谷也来到这儿。我真真切切地看到他走了进去，然后在那儿等待他们出来。

他们俩还是分头出来的，熊谷留在屋里，娜噢宓先行一步来到马路上时大约是十一点钟左右——我在曙楼那儿几乎徘徊了一个半小时。娜噢宓与去时一样，目不斜视地一直走回一公里外的自己家中。我也渐渐加快了步伐，见她打开后门走进家里，不到五分钟后我也走了进去。

一见我进屋，娜噢宓的眼睛就僵住了，充斥着某种凄惨的神色。她像木棍一般直挺挺地站立着，凶神恶煞地直盯着我。她的脚边散落着我刚才换下的帽子、外套和鞋袜。她一看到这些顿时明白一切。秋天阳光明媚的上午，画室阳光反射下的娜噢宓的脸色铁青，她很平静，使那儿有一种对一切都看开的无所谓的深沉的静谧。

“滚出去!”

我一声怒吼，振聋发聩。我不发第二声，娜噢宓也不作答。我们俩就像一对拔刀相向的仇敌，怒目相视，伺机发动攻击。在这一瞬间，我感觉到娜噢宓的容貌的确很美，我懂得了女人的脸蛋是男人越憎恨越显漂亮的道理，我很能理解杀死卡门的唐·何赛的心境，越是憎恨就越觉得她美，所以非杀她不可。娜噢宓的眼神一动不动地盯着我，脸部肌肉纹丝不动，完全没有血色的双唇紧闭着，活脱脱一具邪恶的化身。——啊，这正是淫猥荡妇嘴脸的彻底暴露!

“滚出去!”

我再一次地狂吼，旋即在她莫名的憎恨和惊恐及妩媚的刺激下，拼命抓住她的肩头，用力推向门口。

“给我滚！快，叫你滚出去!”

“原谅我……让治！今后再也……”

娜噢宓的表情突变，她的语调是在哀求，眼中噙满泪水，一下子跪在地上哀恳似的仰视着我的脸。

“让治，是我不好，原谅我吧！……原谅我，请原谅我……”

我没料到她会如此爽气地求饶，像被迎头击了一棒一般吃了一惊，因而依然激愤不已。我攥紧双拳不停地打她。

“畜生！狗！忘恩负义之徒！留你何用！还不快给我滚出去!”

娜噢宓忽然意识到自己的这一招失灵，立即改变态度，倏地站起身来，用平时常用的语调说：“那我就走。”

“好哇，马上滚蛋！”

“好的，我马上走。——我能去楼上拿点替换衣服吗？”

“现在你马上回去，叫人来取你的东西！我会把你的行李都交给来人。”

“可是，很多东西我就要用，不带上怎么行。……”

“那你看着办吧，但是别磨蹭！”

我把娜噢宓声称立即要取走行李看作她对我的威吓，所以也毫不示弱。她到楼上哗啦啦乱翻一气，把东西装在筐里，裹成包袱，打好的行李一个人根本背不了，她自己去叫来车把东西装了上去。

临走时，她以极为冷淡的语调对我说：“那就再见了。这么久给您添麻烦了。……”

二十

娜嗅宓的车子一走远，我不知出于什么动机，马上掏出怀表看了看时间，正好是十二点三十六分……啊，是这样，刚才她从曙楼出来是十一点，随后经历了一场大吵，转瞬之间情势突变，刚才还站在这儿的她如今已经离去，这段时间仅有一小时三十六分钟。……人们总是习惯在护理的病人临终时或者在遭遇大地震时不自觉地看钟表，我在这时忽然掏出怀表来看时间的心情也大致与之相仿。大正某年十一月某日十二时三十六分——自己正是在这一刻终于与娜嗅宓分手，自己与她的关系或许已经就此告终。

“总算松了一口气，卸下了一个大包袱！”

毕竟，我被这一段的明争暗斗搞得精疲力竭，浑身疲乏、软绵绵地一屁股坐在椅子上，恍恍惚惚地发起呆来。那瞬间的感觉是“谢天谢地啊，终于获得了解放”，心情变得相当轻松爽快。我不仅在精神上感到疲惫，在生理上亦非常劳乏，我的肉体迫切需要自己好好休养生息。倘若将娜嗅宓比作一坛烈酒，我明知饮酒过度会有害身体，却每天只要一闻到那芳醇的香味，只要一看到即将满溢的酒杯，我就无法控制自己饮酒的欲望。喝着喝着，我周身的各个节点都渐渐呈现出酒精中毒的症状，疲乏慵困、没精打采、后脑勺混沌沉重、突然站起时天旋地转，好似即刻会仰面倒地一般。我始终处在宿醉的状态，胃肠不适，记忆衰退，对所有事物兴味索然，像病人那样颓唐萎靡。脑海中浮现出的尽是奇妙的娜噢密的幻影，恰似不时打饱嗝儿那样令人恶心作呕。她的体臭、汗渍、胭脂味始终刺激着我的鼻孔。如今，“一见就眼馋”的娜噢密不在了，我的心情如同阴雨连绵的梅雨季节中偶然一现的晴空。

然而，以上只是我刹那间的感觉，老实说，这种轻松气爽的心态只是持续了一小时左右。不论我的身体有多么健壮，也不可能在一小时内就能恢复迄今为止的疲惫。坐在椅子上刚刚松了一口气，很快浮现在眼前的就是刚才斗嘴时的娜噢密那异常娇美的容貌，那可真是一张“男人越恨越美艳”的脸，是即便千刀万剐也不解心头之恨的荡妇的脸，它深深地烙在我的脑海之中，想抹也抹不掉。而且随着时间的推移，呈现得愈益清晰，觉得她那直勾勾的眼睛依然死死地紧盯着我，而且那张令人无比憎恶的脸居然变得无与伦比的妖娆。细想起来，我还不曾见过她如此妩媚洋溢的表情。毫无疑问，那既是“邪恶的化身”，同时，又是她肉体和灵魂所具备的各种美的最高形式的发扬与光大。刚才我俩吵得最凶的时候，我不仅不由得被她的美所震撼，而且在心中呼叫：“啊，多美啊!”然而，奇怪的是，那时我怎么没有跪倒在她的脚下呢？平日里总是优柔寡断、胆小窝囊的我，虽然相当激愤，可我怎么会对如此可惧的女神那么破口大骂、动手动脚呢？自己的鲁莽粗暴的勇气来自何处？——这一点我至今感到不可思议，我的心底渐渐涌起了对于这种鲁莽和勇气感到憎恨的情愫。

“你可真傻，闯下大祸了！你认为那么一星半点的行为不端能与她那花容月貌相提并论么？告诉你吧，世上再也不可能有这等娇媚的女人了。”

我觉得好像有谁在如此埋怨自己，啊，是的，我真是干了件蠢事。我平时是那么小心谨慎，注意不惹她生气，如今弄到这步田地，使我不由得猜测，一定是什么恶魔在作祟吧。

只是在一小时之前，我还觉得她是个麻烦的包袱，在诅咒她的存在，而现在却倒过来开始诅咒自己，在后悔自己的轻率鲁莽，这是为什么？如此憎恨的那个女人，转而又变得如此可爱眷恋，这究竟是为了什么？这样剧烈的心理变化我自己是解释不清的，恐怕只有恋爱之神才能知道其中的奥秘。不知不觉之间我站起来，在房内来来回回地踱步，久久地思考如何才能治愈这思恋之苦。不过，怎么琢磨也苦无良策，倒是娜噢宓的绰约丰姿不断在心头萦绕。过去五年间共同生活的各种场面——呵，那时是这样说的，是那样的神情和眼神，一幕幕不停地展现在眼前，引起我无尽的眷恋之情。特别令我难以忘怀的是，娜噢宓还是十五六岁的少女时代，每天晚上我在西式澡盆里为她洗澡的情形，还有她将我当作马匹骑在我身上，“驾、驾，吁——吁”地吆喝着在屋里到处乱爬嬉戏。真不知道为什么如此无聊的事会让我倍加怀恋？说起来实在荒唐，可是，要是她今后再一次回归我这里，我一定还是会率先上演当时马驮人的游戏，再一次让她骑在我背上，在这儿满屋子乱爬。要是能够实现，我不知该有多么高兴，我浮想联翩，仿佛这是一种无上的幸福。不，这还不是一种单纯的空想，由于过分地思恋她，我不由趴在地上，背上好像驮着她的身体，在屋里一圈一圈地转悠起来。我还跑到楼上——把这些事写出来也太叫人汗颜——翻出她穿过的旧衣服，在背上驮上几件，双手戴上她的日本布袜，又在房间里爬了一阵。

从头开始阅读本故事的读者大概还记得，我有一本题为“娜噢宓的成长”的日记，专门详细记录自己帮她洗澡、为她清洗身体时，她的四肢是怎样渐渐发育变化的，也就是说，是娜噢宓从少女时代到成熟女人的成长经历。我想起自己在这本日记里处处配上了照片，照片拍下了娜噢宓的各种表情、各种风姿的变化，遂从书箱底部翻出积满尘埃的日记本，逐页翻看，回味她昔日美好的倩影。由于这些照片除了我自己之外绝对不能示人，所以当时都是我自己冲印的。或许当时冲洗不净，如今照片上已出现了稀稀落落的雀斑点，有的照片完全烙上了时代的印记，宛如一张老旧的画像那样朦胧模糊，反而增加了令人怀念的思绪，像在追寻十年、二十年前的往事，在重温幼年时代遥远的梦境……而且这些照片还毫无遗漏地记录了当时娜噢宓所钟爱的各种服装和仪容，有的新颖奇特，有的活泼轻盈，有的奢华艳丽，有的诙谐滑稽。有一页上还贴了一张她身穿天鹅绒西装的女扮男装的照片，下一页就是她身披巴里纱薄绸，宛如一座雕像般亭亭玉立的身姿，接着就是一张身穿亮闪闪的绸缎和服与外褂，腰间系着的窄腰带使她的胸脯高高地隆起，衬领是用缎带做成的。还有各式各样的表情动作及其模仿电影演员的照片——玛丽·璧克馥的笑脸、葛洛丽亚·斯旺森的眉目、波拉·尼格丽的雄姿、贝布·丹尼尔斯的矫揉造作——有的激愤、有的嫣然、有的惊悚、有的恍惚，娜噢宓千变万化的容貌和身姿无不说明了她的敏感、灵巧及聪明才智。

“啊，真是岂有此理！我竟然放走了如此了不得的尤物。”

我的心脏在狂跳，懊恼得丧失了理智，捶胸顿足。继续翻看日记，照片依旧源源不断地出现，我的拍摄技巧也越来越细致入微，用特写手法凸显鼻子、眼睛、嘴唇、手指的形状，手臂、肩胛、脊背、腿脚的曲线，甚至连手腕、脚腕、手肘、膝盖、脚掌都拍得纤悉毕见，堪比古希腊的雕塑或奈良的佛像。至此，娜噢宓的整个身体就成了一件艺术品，在我看来，她简直比奈良的佛像更加完美无缺，只要细细审视，甚至会涌起一种宗教式感激涕零的情感。啊，我为什么要拍下如此精细绝妙的照片呢？这是否意味着我老早就预感到它会成为我悲哀的纪念？

我对娜噢宓思恋的心情益发炽盛起来。天色已晚，窗外的夜空星光闪烁，甚至感到有寒意袭来。从上午十一点起，我不吃饭、不生火，连开灯的心情也没有，在昏暗下来的屋子里，从楼上到楼下地奔来跑去，一边咒骂“混蛋”，一边拍打自己的脑袋，面对空空荡荡、寂静无声的画室墙壁呼喊：“娜噢宓，娜噢宓！”最后竟不停地呼叫着她的名字，同时在地板上磨蹭着自己的额头。无论如何，我都得把她接回家来。我将无条件地向她投降。她的所言所求，我将百分之百地服从。……然而，此刻她又在干些什么？她拿了那么多的行李，应该从东京站坐汽车回家的吧，若是那样，她回到浅草娘家该有五六个小时了吧。她是否会向家人如实陈述被赶出家门的原因，抑或照例仰仗其一贯的任性逞强，信口胡编一套谎言去蒙骗她的哥哥、姐姐呢？她出生成长在千束町靠卑微职业营生的娘家，却极其忌讳别人提到她的出身，把父母兄弟视作愚昧无知的乡巴佬，极少回家。这颇不协调的一大家子，此刻打算采用什么善后之策呢？当然，她的兄姐会让她回来道歉，但她一定会一犟到底："我怎么可能回去赔礼道歉呢？你们谁去帮我把行李取回来！"而且，她还会毫不担忧、若无其事地照样开玩笑，趾高气扬地高谈阔论，还不时夹上几句英语，拿出她时髦的衣裳和物品炫耀一番，宛如一位贵族小姐造访贫民窟一般目空一切，威风显赫……

可是，再怎么说，这毕竟是一个事件，理应有人马上来处置……倘若她本人坚持"决不去赔礼道歉"，那么她的哥哥姐姐也得替她前来……难道她家亲属对娜噢宓的一切都毫不担心吗？正如娜噢宓对家人冷漠一样，他们也从来不对她承担什么责任。当年她母亲说上一句"这孩子的一切就交给您了"，把一个十五岁的姑娘托给我之后就完全不闻不问，一副爱怎么办就怎么办的态度。所以这一次他们是否又会任由娜噢宓去闹腾，依然袖手旁观、处之漠然呢？即便如此，总得派个人来取走行李吧。我说过："马上回去，叫人来取你的东西！我会把你的行李都交给来人的。"可是，怎么还不见有人来取呢？她虽然已经将替换衣物和日用品差不多都带走了，但是还有几套"仅次于生命"的盛装留在这儿，反正她是不可能整天憋屈在千束町那个脏乱的家中，而是每一天都想花枝招展地招摇过市、令人惊艳，这样就更需要服装，没有衣裳，她是一刻也无法忍受的……

然而，那天晚上，不论怎么等待，娜噢宓家终究没有人前来。屋里已经漆黑一片，我也没有开灯，想到万一来人误以为家里没人可不行，于是慌慌忙忙打开了所有房间的电灯，还再次确认一下门牌没有掉落，特地搬了一把椅子在门口坐了几个小时，专心捕捉户外的脚步声，可八点九点过去了，十点十一点到了……最终从早到晚整整一天，没有任何动静。我坠入到悲观绝望的谷底，心中又滋生出形形色色无端的猜测。娜噢宓之所以不派人来取行李，正好证明她并不看重这件事，觉得过个两三天此事就会解决，她在揣摩自己的策略：“没关系，他迷恋着我呢！没有我，他一天也混不下去，肯定会来接我的。”再说，那家伙心里明白得很，自己过惯了挥霍无度的生活，在贫困的社会中是无法过日子的，即便改投别的男人的怀抱，人家也不可能像我那样珍爱她，绝不可能无拘无束地任意妄为。她嘴上强硬，其实内心在期待着我去接她呢。也有可能明天早晨她的哥哥姐姐会上门来斡旋，因为夜晚要忙着做生意，只有早上才能出门办事。总而言之，今天没人来反而留下了一丝希望，明天再没有人来，我就去接她。事到如今，再也顾不上什么逞强和体面了，这次原本就是为了颜面才把事情搞砸的。即使会被她家的亲属们讪笑，哪怕被她识破底细，我也得上门低头请罪，乞求她的兄姐们多说好话，千万遍地重复“恳求你回家，这是我毕生的愿望”，这么一来，她就有了面子，就会大摇大摆地跟我回家的吧。

我几乎通宵未合眼，次日又一直等到下午六点，依然不见任何动静，我再也无法忍耐，冲出了家门，急急赶去浅草。我要尽快地见到她，只要看到她的脸我就放心了！此刻，可以说我是个“一心思念的苦恋者”，除了“想见她一面”之外，别无渴求。

娜噢宓的家在千束町花圃后边的迷宫般的小巷之中，我到达时大约是七点左右。实在感到不好意思，我轻轻拉开她家的格子门，站在脱鞋处轻声问道：

“我从大森来，不好意思，请问娜噢宓在家吗？”

“哟，是河合先生！”

姐姐听到我的声音从另一间屋里探出头来，表情惊讶地说："哎，小娜吗？……没有啊，她不在家。"

"这就怪了，她不可能不回来呀。昨夜她说了要回这里的……"

二十一

起初我猜想姐姐是有意隐瞒才这么说的，多方恳求之后发现，事实上娜嗅宓真的没有回到娘家来。

“真奇怪……她拿了那么多的行李，怎么可能到别处去呢？”

“怎么，她还拿着行李？”

“又是筐篮，又是包袱提包的，还拿了不少东西呢。说起来昨天我们因一点小事引发了口角，所以……”

“所以她自己说要来这儿吗？”

“不是她本人，是我让她回家的。我叫她立即回浅草，让人来拿行李。——我想，只要你们有人来，情况就可以讲清楚了。”

“是嘛，原来这样。……不过，那家伙的确没有回来。照您这么说，或许回头她会回家的。”

“可是，要是昨天晚上的事，就难说了。”我们正谈着，她哥哥出来说道，“您还是到其他想得到的地方去找找吧。现在还不回家，我估计她不会来了。”

“对了，小娜她根本不回家。……算起来，上次什么时候来的？……已经整整两个月不见她的人影了！”

“真是对不起，要是她来这儿，不论她本人怎么说，请尽快通知我。”

“好的，我们现在对她也不会怎么样，只要她回来，我们马上通知您。”

我坐在门框上，啜饮着他们端出的苦茶，一时一筹莫展。她哥哥姐姐听到妹妹离家出走后，并没有露出担忧的神色，对这样的对象诉说真情也无济于事，于是，我一再拜托叮嘱他们，一旦娜噢宓回家，一定及时告诉我，要是白天，可打电话到我公司来。考虑到近一段时间经常不去上班，所以我又告诉他们，如果我不在公司，可以直接打电报到我大森的家中，我就可以来接她，在此之前，千万别让她到别处去。……我总觉得他俩有点儿马大哈靠不住，为保险起见，我把公司的电话告诉他们，又觉得他们可能不会知道我大森家的地址，又详细地写下来后才离开。

“那么，我该怎么办呢？她跑到哪儿去了呢？”

我怀着想要哭泣的心情，不，实际上或许我已经哭丧着脸了。走出千束町的小巷，我漫无目的地在公园里一边漫步一边思考。要是她不回娘家，那么，显然，事态比我想象的严重。

“一定是熊谷，她逃到那家伙那里去了！”——想到这儿，想起她昨天出门时说的话，“可是，很多东西我就要用，不带上怎么行？”这就对了！没错，她就是打算要去熊谷家，才带上那么多的行李的。也有可能他俩早就商量好，碰到这种情况就这么办。要真是这样，此事就很棘手了。首先，我不知道熊谷家在哪儿，虽然可以通过调查搞清，但他总不至于将娜噢宓藏在父母家吧。虽然熊谷是个不良小混混，可他家长却是相当有头有脸的人士，不会放任自己的儿子胡作非为吧。他会不会离家与娜噢宓一起隐藏在什么地方，花着家长的钱，到处吃喝玩乐？即便如此，只要有明确的消息就行。那样，我就能与熊谷的家长交涉，请他们严加干预。就算他不理会家长的意见，只要钱一用完，两人就无法再生活下去，总得回到自己家去，娜噢宓也会回到我的身边。最终的结局或许就是如此，然而，这期间我要经受多大的苦痛呢？——这个过程是一个月、两个月，抑或是半年？——不，要真是这样，可就糟了。时间一久，她就越发不想回来，说不定又交上第二、第三个男友。如此看来，此事的解决已到了刻不容缓的地步。这样与她分离的时间越久，与她的缘分就越淡薄，她无时无刻不在离我远去。我要立即动手，绝不容许你从我身边逃走，我一定要把你拽回来！“临时抱佛脚”——我从不信神信佛，这时忽然想起此言，赶紧拜了拜观音菩萨，一心一意地祈祷：“尽快让我了解娜噢宓的住处，明天就让她回来。”接着，我漫无目的地随意踱步，去两三家酒吧喝得烂醉如泥，回到大森的家里已是深夜十二点过后。然而，娜噢宓的事却始终萦绕在醉醺醺的脑海中，想睡也睡不着。过了一阵，酒醒了，又开始闷闷不乐地思考此事。怎样才能查清娜噢宓的居所？她是否已经与熊谷私奔？倘若尚未确认他俩的踪迹就上门去谈判是否过于轻率？如此看来，不请秘密侦探出马，一时就无法确认……思来想去，结果碰巧想到的还是那位浜田。对了对了，还有那位叫浜田的，我不经意地把他忘了，他应该会助我一臂之力的。在松浅饭馆分别时我记下了他的住址，明天马上给他去信。信走得太慢，莫如打个电报去？不过，那也有点过分夸张。他家该有电话吧，还是打个电话请他来吧。不行不行，我可等不及他上门来，有那工夫还不如请他帮忙寻找熊谷。此刻最最重要的是了解熊谷的动向。浜田有他的人脉，理应很快会告诉我信息。眼下，能够体察我的痛苦，拯救我脱离苦海的也只有他了。这恐怕也是一种“临时抱佛脚”吧……

次日一大早，我七点起床直奔附近的公用电话亭查找电话簿，很巧，一下翻到了浜田家的电话号码。

接电话的女佣说：“噢，您是找少爷啊。他还在休息呢……”

“真是对不起，我有急事，麻烦你叫他一下……”

我坚持请她转告，过了一会儿，浜田拿起了电话。“你是河合先生吗？就是大森的那位？”他的话音听上去还未睡醒。

“对，我就是大森的河合。平日里总是给你添麻烦，现在这时候又突然给你打电话，真是对不起。其实，是娜噢宓从家里出走了……”

在我说到“出走了”的时候，不禁带有哭腔。实在太冷了，在这冬季一般的早晨，我只穿着睡衣外披了件和式棉袍就匆忙跑了出来，所以现在手拿着话筒，浑身不停地打颤。

“啊，娜噢宓小姐呀……果然如此。”浜田出人意料地显得格外沉稳。

“那么，你已经知道这个情况？”

“昨夜我见到了她。”

“哎，昨天晚上……你见到过娜噢宓？”

如此一来，我已不是颤抖，而是浑身上下颤抖得晃荡起来。由于过分战栗，连门齿也磕碰到话筒上了。

“昨夜我去黄金国舞厅，看到娜噢宓也来了。我没向她打听情况，不过看上去她的状况有点不大正常，我想可能就因为这档子事吧。”

“她和谁一起去的？是和熊谷在一起吗？”

“不光是熊谷，还有五六个男人，其中还有洋人呢！”

“洋人？……”

“是啊。她身上穿着很高档的西服……”

“可她离家出走时并没有带走西服啊……”

“总之，我看到她穿的是西服，而且是很上档次的晚礼服。”

我呆若木鸡，活像魔鬼附身一般，完全不知道该说些什么。

二十二

“哎，喂，喂！怎么啦，河合先生？……喂……”因为我老不发声，浜田在催促我。“哎，喂喂！”

“哦……”

“是河合先生吗？”

“哎……”

“你怎么啦？”

“啊……真不知道该怎么办……”

“可您拿着电话思考，那也不是办法。”

“我也知道不是办法……不过，浜田君，我实在太为难了。不知该怎么处置，一筹莫展。没有了她，我晚上都睡不好，痛苦万分哪……”为了博得浜田的同情，我以充满爱怜悲切的语调说，“……浜田君，现在除了你之外，我再没有其他可以信赖的人，对你来说，这是不近情理的麻烦，我，我……怎么才能知道娜噢宓的住处呢？她到底是在熊谷那儿，还是在别的男人那儿呢？我想搞清楚。这完全是我一厢情愿的请求，想拜托你帮我查一查吧。……我觉得与其自己调查，还是你的人脉更广、门道更多……”

“是啊，说不定我一查马上就能搞清楚。”浜田摆出一副此事简单，可以马到成功的样子，“不过呀，她在哪儿，河合先生心中是否已有点儿眉目？”

“我断定她在熊谷那。实话对你说，娜噢宓私下里一直与熊谷保持着关系，上次败露后，与我大吵一场就离家出走了。……”

“嗯……”

“可是，刚才你又说，她还和包括洋人在内的其他各种男人混在一起，穿上了笔挺的西服，这我就闹不明白了。不过只要你见到熊谷，我想就可以了解大概的情况吧。”

“哎，好的，好的！”浜田打断了我的喋喋不休，“不管怎样，我会先帮忙查一查。”

“拜托你越快越好。……可能的话，今天就把结果告诉我，那就太好了……”

“噢，是嘛。今天可能会了解到情况，那时，我通知什么地方？近来您还在大井町的公司上班吗？”

“不，这件事发生后，我几乎没上班，总在想万一娜噢宓又回来了呢，家里总得有人在才行。还有，我想提出得寸进尺的要求，电话里说怕不方便，若能当面谈更好。……你看怎么样，一旦有消息，能请你到大森来一趟吗？”

“好的，没问题，反正我也闲着。”

“啊，谢谢，你能这样帮忙，我真是太感激了！”

话虽如此，我依然心神不定，恨不得浜田立马就能查明情况。“你大概什么时候能来？最晚下午两三点可以搞清楚了吧。”

“怎么说呢，我觉得应该可以，不过，那家伙不先找一下也说不好找不找得到。我一定用最有效的办法，但也有可能会要两三天……”

“那、那也没办法，明天、后天，我会一直在家等你来的。”

“我知道了。详情见面后再谈。那么，再见。”

“哎，喂，喂!”电话就要挂断时，我慌忙再次呼唤浜田，“喂喂……还有哇……这要根据届时的情况来决断，如果你直接见到娜噢宓并有说话的机会，请告诉她——我绝不会谴责她的过错，我很清楚，她的堕落我也有过错。准备好好向她道歉。她提出的什么条件我都可以接受，过去的一切就让它付诸东流吧，只求她务必回家。要是她不愿意，那也至少得和我见上一面……”

在“她提出的什么条件我都可以接受”那句话的后面，说实话，我真想说：“倘若她让我跪下，我会欣然下跪；倘若她要我磕头，我就会叩头下拜，说什么我也要向你谢罪。”可最终还是没好意思说出口。

“只要有可能，请一定告诉她，我是那么地想念她……”

“哦，是么，有机会我一定转告她。”

“还有，我想……或许还有一种可能，其实她也很想回家，只是靠着那股犟劲在赌气，要是那样，你就告诉她，我的心情相当颓丧，就是硬把她给我带回来也行……”

“明白，明白了。这件事我无法保证，尽力而为吧。”

浜田的语气里有几分对我的没完没了的厌烦，我站在那儿，一口气讲了可打三个公用电话的时间，直到五分钱铜币用完为止。我拖着哭腔，话音颤抖，如此滔滔不绝、死皮赖脸地恳求恐怕还是有生以来的头一遭。挂上电话后，我并没有感到轻松，而是急切地等待浜田的到来。说是说今天可能会有结果，可是今天他不来怎么办呢？——不，与其说“怎么办”，毋宁说不知自己会变成何等模样。现在，自己除了眷恋和思慕娜噢宓之外，没有任何事情可做，也做不成任何事情。睡不着、吃不下、无法外出，只能整天窝在家中，束手无策地等待一个局外人为自己到处奔走的结果。实际上，人最大的痛苦莫过于无所事事，我呢，在此之上还要添加对于娜噢宓的刻骨铭心的思恋。我忍受着这种思恋的煎熬，将自己的命运托付给他人，自己只能紧盯着慢慢转动的钟表指针，想到这些，就感到十分难受。即便只有一分钟，时间的步伐也慢得令人惊讶。让人感到太过漫长。这样的一分钟要转上六十圈才是一小时，一百二十圈才是二小时，如若需等三小时，我就要让这滴滴答答走动的时针转上一百八十圈，这是多么百无聊赖、无可奈何的光阴啊！这还不仅是三小时的事，如果是四小时、五小时，抑或是半天、一天、两天、三天呢？我觉得如此漫长的等待和苦苦的思念自己准会发疯的。

我心里做好了准备，浜田最早也得到傍晚才能过来，然而，四个小时后的十二点时，大门的门铃骤响，接着，浜田“您好”的问候声意外地传来。我不由兴奋地跃起，急忙跑去开门。

“啊，你好！我马上开门，这门上了锁。”我的语调有点儿慌张，心想：“没想到这么快就来了，事有凑巧，说不定浜田顺利地见到了娜噢宓，谈得顺当，说不定就把她带回家来了呢。”想到这里，喜悦之情涌上心头，激动得胸口怦怦直跳。

打开房门，觉得娜噢宓就站在浜田身后，不禁东张西望地将四下里打量了一番，没看到其他人影，只有浜田一人孤零零地站立在门廊边。

“呀，早晨失礼了。怎么样？情况搞清了吗？”

我突然急切地问道，浜田却显得异常平静，怜悯地看着我的脸。“是的，事情搞清楚了……不过，河合先生呀，她已经无可救药，您就对她死了这条心吧！”他毅然决然地说完，摇了摇头。

“那，那，那是为什么呢？”

“为什么？这待会儿另当别论……我是为您着想才这么说的，劝您还是把娜噢宓给忘掉的好。”

“这么说，你见到娜噢宓了？跟她交谈后非常绝望么？”

“不，我没见到娜噢宓，我去了熊谷家，问清了所有的情况。事情实在太糟糕了，真叫人吃惊。”

“可浜田君呀，娜噢宓现在哪里？我首先想知道的是这一点。”

“要说在哪里，她可是居无定所的，这家待待，那家住住。”

“大概她没有那么多朋友家可住吧。”

“您不认识的娜噢宓的男性朋友可不少。特别是那天你们吵架后，听说她一离开就直奔熊谷家而去，要是事先打个电话，悄悄地溜过去倒也罢了，她坐着装满行李的汽车，冷不防出现在熊谷家的玄关，他们一家人慌了神，不知这一位究竟是何许人也，混乱之中很难招呼她进屋，连熊谷本人也束手无策了。”

“嗯，那接下去呢？”

“无奈之中，就先把她的行李存放入熊谷的房间，两人一起外出，据说去了一家不甚正经的旅馆，而这家旅馆，在大森您家附近的什么楼内，就是当天上午他们在那儿约会被您发现的地方，真够大胆的！”

“这么说，那天他俩又到那儿去了？”

“是啊，熊谷是这么说的，他津津乐道，一副自鸣得意的样子，我在一旁听了很是不快。”

“那么，当天晚上，他俩就住在那儿啰？”

“可偏偏不是。听说他们在那儿待到傍晚，而后去银座散步，又在尾张町的十字路口处分手。”

“这就怪了，熊谷那家伙在撒谎吧……”

“不，您听我说。分别时熊谷有点儿怜悯她，就问：‘今晚你住哪儿？’她答：‘可住的地方有的是，我现在去横滨。’她没有一点儿为难不悦的样子，然后大步流星地朝新桥方向走去……”

“横滨，有谁在那儿呢？”

“这一点就叫人觉得奇妙。熊谷觉得，娜噢宓认识的人再多，横滨大概没有可住的地方，她话是那么说，可最终大概还是回大森去吧。没想到翌日傍晚她打电话给熊谷说，她在黄金国舞厅等他，请马上过来。熊谷赶去一看，娜噢宓穿着让人眼睛一亮的晚礼服，手持一把孔雀羽毛扇，戴着金灿灿的项链和手镯，被一群各式男人围着，其中还有洋人，正欢笑嬉闹着呢。”

听了浜田的话，就像打开“吃惊盒”后会有什么蹦出来一样，令人大感意外的事实跳了出来。她离家后的第一晚看来是住在那洋人家的，他的名字叫威廉·马卡涅尔，就是上次我和娜噢宓去黄金国舞厅跳舞时，那个不经介绍就主动凑上来硬邀她跳舞的擦着白粉、厚颜无耻、一副娘娘腔的男人。然而，更令人瞠目的是——这是熊谷的观察——娜噢宓那晚去投宿之前，与那个叫马卡涅尔的洋人并不熟识亲密。不过，娜噢宓很早之前就对他怀有恋慕之情，因为他长着一张讨女人欢喜的脸，风度翩翩，举止很像演员，不仅被舞友们称为“洋人色狼”，连娜噢宓自己也觉得“那洋人的侧脸长得很棒，酷似约翰·巴里”。——约翰·巴里是一位美国的电影演员，就是观众通过银幕熟知的约翰·巴里摩尔——因为这样的原委，娜噢宓对他早就心中仰慕，或许不时会与他眉来眼去、暗送秋波吧。所以马卡涅尔也心领神会：“这娘们对我有意哇”，与她有过调情吧。他们并不是什么朋友，娜噢宓肯定就凭着这点关系找上门去，她一到，连马卡涅尔也觉得一只有意思的小鸟自行飞进了家门。“你今晚住在我家里吗?”“好的，住也无妨啊。”于是就这样在洋人家住了下来。

“即便这么说我也难以相信，头一次去男人家就在那里过夜……”

“可是，河合先生，我想娜噢宓小姐对这种事是满不在乎的。看上去马卡涅尔也多少有点纳闷，昨天夜里他向熊谷打听：‘这小姐究竟是什么人呀?’”

“连何许人都没搞清楚，就留住一个女人，也太过分了吧。”

“岂止留宿，还让她穿上西服，佩戴项链、手镯，着实耍了一把。您说吧，就那么一个夜晚，两人就如胶似漆的，娜噢宓小姐一口一个‘威廉、威廉’地呼唤那家伙。”

“那么，她的西服和首饰都是那洋人给买的吗?”

“有的是洋人买的，不过，听说洋人也可能是借用他女朋友的衣裳临时对付一下。娜噢宓小姐遂撒娇发嗲说要穿西服，为取悦她就答应了。那套西服好像并非购买现成的，却十分合身，皮鞋也是法国式细高跟鞋，全漆皮制作，鞋尖处或许还镶有人造的小钻石，闪闪发亮。昨夜娜噢宓小姐的打扮，如同童话故事里的灰姑娘。”

听浜田这么一说，我觉得娜噢宓的灰姑娘的娇媚形象跳到眼前，使我不由感到心头一阵激动，然而，紧接着的瞬间，我又对她的丑恶品行产生一种可耻可叹、可怜可鄙、气愤窝心的难以名状的厌恶心情。熊谷倒也罢了，她竟然会跑到不知秉性的洋人家，厚颜无耻地住下来，还让人家置办衣物，这难道是昨天还是有夫之妇的女人该有的行为吗？难道这个与我多年同居同栖的娜噢宓，居然就是如此污秽、龌龊不堪的淫妇？自己是否至今看不清她的真面目而沉醉在愚蠢的梦境之中？啊，也许正如浜田所说，自己无论怎么迷恋她，也应该对她死了这条心，我已经蒙受了奇耻大辱，让男人们的颜面扫地……

“浜田君，我有点儿啰唆，想再次确认，你今天说的都是事实，不仅熊谷可以证明，你也一样？”

浜田看到我的眼睛里涌起泪水，同情地点点头。“我了解您那么说的心情，有些话不大好说，事实上昨天晚上我也在场，我认为熊谷说的基本上也是正确的。此外，再要说的话，还有很多情况，您听了就会释然。不过，就暂且先说这些，您别再做打听，请相信我，我绝不会为了增添趣味而夸大事实、添油加酱的……”

“啊，谢谢！听到这些情况就行了，其他就没必要再问……”

不知何故，听到这些，我的话堵住了嗓门，大滴的泪珠冷不防滚落下来，我想“这可不行”，于是紧紧拥抱住浜田，把脸深埋在他的肩头，随后放声嚎啕哭喊起来。

“浜田君！我，我……我一定要和那女人一刀两段！”

“说得对！这就对了！”浜田好似受到了我的感染，语音也变得沙哑了，“老实说，我今天跑来就是想告诉您，对娜噢宓就别再抱任何希望了。她是个反复无常的人，说不定什么时候又若无其事地跑到您这来。现在事实上已经没有人认真与她相处了，按熊谷的说法，大伙儿都把她当作男人的慰藉玩物，还帮她起了叫人难以启齿、不堪入耳的绰号，您始终蒙在鼓里，她背着您不知带干了多少让您蒙羞的事……”

过去曾经和我一样热恋过娜噢宓、同时也和我一样遭到她背叛的浜田——这位少年充满悲愤的、由衷为我着想的字字句句，具有以锋利的手术刀剜挖腐肉一般的效果。“大伙儿都把她当作男人的慰藉玩物，还帮她起了叫人难以启齿、不堪入耳的绰号”，这些直言不讳的话语反而令人神清气爽，宛如疟疾痊愈，顿觉一身轻松，连泪水也完全止住了。

二十三

“怎么样，河合先生。别老这样窝在家里，出去走走散散心吧？”

我这两天既没漱口，也未刮胡子，在浜田的鼓动下，我说：“那请你等一下。”刮须洗漱后，心情轻松振作起来，二点半时，与浜田一起出了门。

“这种时候，还是去郊外散步为好。”浜田提议，我表示赞同。

“那就往这边走吧。”他朝池上方向走去，我忽然心生厌恶，原地站定。“别往那边去，挺晦气的。”

“哎，怎么回事？”

“刚才提到的曙楼就在那个方向。”

“哦，那是不行！咱们怎么走？从这边走可直达海岸边，朝川崎方向走吧？”

“好的，往那边最保险。”

于是，浜田一百八十度转身，向车站方向走去。可仔细一想，那个方向说不定更不保险。倘若娜噢宓再去曙楼，搞不好此刻正和熊谷结伴前往；也无法排除她正和那个洋鬼子乘坐东京到横滨的京滨线来往，所以国营省线车站都是去不得的。

“今天给你添了这么大的麻烦。”我若无其事地说着，走到他的前面，拐进小巷子，打算过水稻田中的铁路道口。

“没关系，您不必客气，这种事迟早是会发生的。”

“嗯。在你看来，我这个人挺可笑的吧？”

“不过，我自己也有过可笑的经历，所以，没有笑话您的资格。只是自己冷静下来后，觉得十分同情您。”

“可你还年轻，并不碍事。我呢，已经三十好几的人了，还上此大当，实在太不像话。要不是你提醒，我说不定还傻乎乎地蒙在鼓里呢……”

走出稻田，只见晚秋的天空晴朗气爽，仿佛在安慰着我似的。阵阵凉风劲吹，刮得我哭泣后肿胀的眼圈刺疼。远处的铁轨线上，我忌讳的省线电车在原野中隆隆地驶去。

“浜田君，你吃过午饭了吗？”默默地走了一阵，我问他。

“其实还没有。您呢？”

“从前天起，我就只喝酒，几乎没吃饭，现在觉得肚子很饿。”

“那当然啦。您还是别这样折磨自己，搞坏了身体可划不来。”

“不，没事儿。托你的福，我大彻大悟了，再也不会作践自己，明天开始要变成一个新人，也打算去公司上班。”

“哎，这样可以转换心情。我失恋的时候，觉得应想方设法忘掉过去，于是拼命地听音乐。”

“那种时候听音乐的确是个好办法。我没有那种艺术细胞，只能在公司兢兢业业地工作。——不过，现在肚子饿了，我们找个地方吃饭吧？”

我俩边走边聊，逛到六乡，不久，走进川崎街上的一家牛肉店，要了咕嘟咕嘟翻滚的火锅，像松浅饭馆时那样开始斟酒对饮起来。

“你呀，怎么样，来干一杯吧。”

“嗨，空腹这样灌酒，会醉倒的。”

“行啦，没关系。今晚是我拔除厄运的消灾之时，为我干一杯祝贺吧。从明天起我就戒酒，今晚就来个一醉方休吧！”

“啊，是嘛。那我就祝您健康！”

当浜田脸色通红，长满粉刺的脸盘活像火锅里翻滚的牛肉那样发光发亮时，我也醉得差不多了，已经分不清自己的心情是悲哀还是喜悦。

“不过，浜田君，我还是想问问你。”我瞅准时机，靠近浜田，“你说他们给娜噢宓起了不堪入耳的绰号，那究竟是什么绰号呢？”

“不，这可不能说，太难听了。”

“难听也没关系。我跟那女人已经完全没有关系了，你不必在意。告诉我那绰号，那样我的心情反而会痛快。”

“也许您会觉得爽，但我还是难以启齿，请您原谅。反正是不堪入耳的绰号，想象一下就会明白。要不我告诉您那绰号的来由吧。”

“那你就说吧。”

“可河合先生……还是不好说。”浜田挠挠脑袋，“那实在太难听，您听后一定会很不愉快的。”

“没事，没事的，不要紧，你尽管说吧！现在我也纯粹出于好奇心，想知道她的秘密。”

“那我就稍稍向您透露一点秘密吧……今年夏天您去镰仓小住时，知道娜嗅宓小姐共有几个男人啊？”

“这个嘛，除了你和熊谷之外，难道她还有什么人吗？”

“河合先生，您可不要惊讶……其实阿关和中村也是！”

虽然我已经醉意朦胧，但仍然感到全身有电流通过，接着，不禁咕嘟咕嘟地又连喝了五六杯酒，才开口问道：“这么说，那时一起玩耍的人一个不漏？”

“是的。知道他们在哪里会面吗？”

“是那个大久保的别墅吗？”

“就在您租赁的花匠的屋子里。”

“哼……”令人窒息一般的沉默过后，我总算低声沉吟，“嗯，原来如此，真叫人吃惊。”

“所以那一段时间，大概是花匠老婆最尴尬了。因为有熊谷面子的关系，又不能不让他们进去，但看着自己的家搞得像个魔窟，各种男人频繁出入，在邻居面前丢人现眼不说，万一让您发现岂不更糟糕，所以终日提心吊胆的。”

“哈哈，这就对了。你这么一说，我想起来了，难怪上次我向她打听娜嗅宓情况时，她显得不知所措，一副战战兢兢的样子，原来是这么回事。大森家是和你的幽会处，花匠家又是个魔窟，这些我全都一无所知，哎呀呀，我真是够惨的啊。”

“啊，河合先生，您又提起大森家的事，我要再次向您致歉。”

“啊哈哈哈，你怎么这么说，所有的一切都过去了，请别在意。一想到娜嗅宓这家伙居然如此巧妙地欺骗了我，反倒觉得爽快！她的骗术如此高超，真叫我佩服得五体投地呀。”

“就像相扑比赛中被对手摔了一个大背包似的。”

“同感同感，说得完全正确！……这么说起来，那帮家伙全被娜噢宓玩弄于股掌之上，互相间全不知情喽？”

“哪儿呀，他们都知道。弄得不巧，还会两个人撞到一起呢！”

“那他们会发生争执吗？”

“他们会心照不宣地达成默契，把娜噢宓作为大家共同享用的东西。他们为她起了个相当恶劣的绰号，背地里只用绰号称呼她。您不知道那个绰号还真是一种幸福，我则是深深地感到可耻，总想着把她拯救出来，可是，只要我一提建议，她就火冒三丈，反过来折腾我，实在无能为力。”

浜田像是回想起当时的情景，不无伤感地说道：“河合先生呀，我在松浅饭馆见到您的时候，可没对您说起这些事儿吧。”

“那时你说，现在最能自由掌控娜噢宓的是熊谷……”

“没错，那时我是这么说的。这话不假，娜噢宓和熊谷都生性粗野，心气相投，关系最好。当时我对您说，我觉得熊谷是头目，坏事全是他教唆的。其他的没再多说，因为那时您还不想放弃她，祈愿能把她拉回到正道上来。”

“这局面哪里谈得上把她拉回来，反倒是被她拽着走啊……”

“一旦被娜噢宓小姐勾上，任何男人都会那样。”

“那女人真有不可思议的魔力呀。”

“那的确是一种魔力，我意识到这一点，就明白不该与她接近，否则自身就会面临危险。”

娜噢宓呀娜噢宓，这名字在我俩的交谈中一遍又一遍地被重复着，它被当作我俩下酒的美味佳肴吞咽下去，这顺溜的发音，是比牛肉更加好吃的食物，使我们用舌头去品味，和着唾液吸吮，并让它滞留在嘴唇之上。

“不过，被这种女人骗一次也不赖呀。”我感慨万千地表示。

“您说得对！多亏了她，我才尝到了初恋的滋味，虽然只是做了个短暂的美梦。想到这一点，我还得感谢她才对。”

“可是，眼下她又会如何，这女人会是怎样的结局呢？”

“我觉得她会不断地堕落下去。熊谷说，‘她在马卡涅尔家也不可能久住，两三天后又会跑去别处。她的行李还存在我家，或许还会去我家取的’。娜噢宓小姐难道没有自己的家吗？”

“她家是浅草卖酒的……我可怜她的穷困，但从未对人说过。”

“噢，原来如此。真是出身决定她的秉性啊。”

“娜噢宓说，她家原本是旗本[①]武士，自己出生时家里在下二番町有着气派的大宅第。祖母为她取名‘奈绪美’，她说当时祖母是位十分时髦的人，明治时代还到鹿鸣馆[②]跳过交际舞，她的话不知有多少的可信度。说到底，还是家境卑微、教养不行，对此我深有体会。”

“听您这么一说就更令人恐惧了，娜噢宓小姐天生具备淫荡的血统，所以必定会呈现那种命运，尽管有您善意的收养和培育……”

我们在餐馆一谈就是三个小时，离开时已经七点多了，却依然

① 旗本为江户时代俸禄在 1 万石以下、5 千石以上的直属将军的武士，有拜谒将军的资格。

② 明治十六年（1883）建于东京内幸町的西式二层洋房的交际场所，以经常举行假面舞会闻名。

沿着川崎的街道边走边聊个没完。

“浜田君，你是坐国营省线电车回家吗？”

“走路实在太远了……”

“也是。我就坐京滨线，那帮家伙若是在横滨，我觉得搭乘国铁不保险。”

“那我也坐京滨线吧。不过，像娜噢宓小姐那样到处乱窜，总有在哪儿撞上的可能。”

“如此一来，就不敢轻易外出了。”

“她肯定会频频出入舞厅，因此银座那一带最最危险。”

“大森也不可靠，靠近横滨、花月园，还有那个曙楼……我或许会退租那个房子，另行租房呢。眼下，在冷静下来之前，我可不愿见到他们。”

我陪着浜田一起乘坐京滨线电车，在大森与他告别。

二十四

就在我经受这孤独和失恋痛苦折磨的时候，又发生了一件格外悲恸的事件，那就是老家的母亲因脑溢血突然的离世。

与浜田见面后的第三天早晨，我在公司收到母亲病危的电报，立刻赶去上野车站，在傍晚时分到达老家，可是，母亲已经失去意识，看到我也认不出来，两三个小时之后就停止了呼吸。

我自幼丧父，由母亲一手拉扯成人。我首次体会到失去双亲的悲痛，更何况母亲和我的关系远超世上一般的母子关系。回首以往的一切，我从未与母亲顶过嘴，母亲也从未骂过我。这不仅因为我敬重母亲，更因为母亲慈爱有加，对我无微不至地关怀之故。世上不少家庭的孩子长大后离开家乡进城之后，父母总会时时牵挂，担忧怀疑孩子的操行变坏，或者因此造成两代人关系的疏远，然而我的母亲在我去了东京以后，依然相信我，理解我的想法，处处为我着想。我是长子，下面只有两个妹妹，放我进城，母亲一定非常寂寞冷清，觉得无所依靠，但是她从来没有埋怨，总在祈愿我能够干得好、出人头地，因此远离家乡的我比在她膝下时更能强烈地感受到她那深厚的慈爱。特别是与娜噢宓结婚前后以及接下来我的种种任性的所作所为，母亲总是爽快地慨允，我总是会被她的慈和、温存感动得热泪盈眶。

可是，没想到我的母亲居然走得如此突然，我侍奉在母亲的遗体旁，仿佛做梦一般茫昧自失。直到昨天还沉湎于娜噢宓的女色风韵之中的我，此刻正跪在亡母的灵前烧香磕头，两个“我”的世界丝毫没有关联。当我整日在叹息、悲戚与惊愕的泪水中躬身自省时，听见了不知从哪儿传来的声音：究竟昨天的我是真正的自我，还是今天的我？“你母亲的谢世并非偶然，她这是在惩戒你，是对你的垂训！”此刻，另一侧又传来这样的耳语。于是，我愈加怀念起母亲在世时的面影，深感对不起她老人家，悔恨的泪水像决堤一般夺眶而出。我意识到在人前哭天抹泪怪不好意思，于是悄悄爬上后山，一边俯瞰着充满少年时代回想的森林、小道及田地的景色一边泪流满面。

毋庸置疑，这个巨大的悲伤使我得到了某种净化，变得玲珑剔透，洗净了我身体和心灵上的肮脏和不洁。倘若没有这次悲伤，兴许我现在仍然无法忘却那个污秽的淫妇，还在为失恋痛彻心肺呢。如此想来，母亲的去世绝对不会是没有意义的，至少对我而言是意义非凡的。当时的我已经厌恶了都市的氛围，虽说想过出人头地，然而来到东京之后，则是一味沉溺于轻佻浮华的生活，既没有立身，亦无望发迹。最后我觉得像我这样的乡下人，最终还是适合农村的生活，自己还是就此全身而退，回到老家，亲近故乡的土地，守护母亲的坟茔，与村里的乡亲们朝夕相处，像我的祖辈一样做个农民。可是我的叔叔、妹妹和其他亲戚都说：“这也未免太性急草率了。我们理解你眼下的沮丧，可是，一个男子汉难道能因为母亲的离世就葬送自己宝贵的未来么？任何人都会有失去母亲时的失落，随着时光的流逝，这种悲伤会渐渐缓解的。所以你真要决定回乡的话，也得好好慎重思考后才行。再说，你突然辞职，对公司也不好……”我真想脱口而出地告诉他们：“还不仅如此，其实我一直没告诉大家，我老婆已经弃我而去了……”不过，碍于在众乡亲面前的羞涩，且大家正在一片忙乱之中，我最终把话咽了下去（至于娜噢宓的缺席，我以她生病为由敷衍了过去）。等到头七法事做完之后，我请叔婶夫妇做我的代理人，处置一切善后，管理母亲的遗产，听从大伙儿的劝告先回到了东京。

然而，去公司上班后也觉得兴味索然，加上我在公司里的声望也大不如前。我踏实勤恳、品行方正的君子美名，因为娜噢宓的缘故遭到玷污，失去了上司和同僚对我的信任，最叫我不堪的是，这次母亲谢世请假时，竟然有人冷嘲我又在借故休息。种种变故使我越来越感到不悦，二七时回老家住了一晚，对叔叔流露出“说不定我很快会辞职”的意思。他应道“行啦行啦”，并不首肯。翌日我只能颇不情愿地再去上班，上班时尚能忍受，从傍晚到夜里的时间，我就显得相当难熬，我依然难以决断自己是回家乡还是继续留住东京，没有搬家去别处住，仍旧独居在大森空荡荡的屋子里。

下班后，我还是忌惮碰到娜噢宓，尽量避开热闹场所，乘坐京滨线电车直接回大森。然后在附近的餐馆随便点上一点小菜或面条当作晚饭，吃完后便无任何事情可做。无奈只能回到楼上的寝室钻进被窝，却很少有立刻入睡的日子，常常两三个小时睁着眼异常清醒。卧室还是阁楼上的那个房间，娜噢宓的行李至今还在里面。墙壁和屋柱上渗溢出我俩过去五年间放荡不羁、荒淫无耻和下流猥猥的生活气息。具体而言，这气息就是娜噢宓肌肤的气味，她懒散邋遢，穿脏衣服也不洗，团作一团塞在屋里，那气味就弥漫在通风不良的房间里。我实在难以忍受，就转到画室的沙发上去睡，在那里我同样睡不着。

母亲过世三周之后，我在当年的十二月初终于下定决心辞职，因工作安排，与公司说定工作到年底再离开。这个决定事先并未与任何人商量，由我一人独断，所以老家还没人知道。既然已经决定，想到再坚持一个月就能解脱，我的心情渐渐平静下来。虽说显得从容有余，闲暇时可以读读书、散散步，但依然决不涉足那些“危险区域”。一天晚上，我闲得无聊，便信步朝品川方向走去。为打发时间，我走进一家小电影院打算看看松之助的片子。可是那时正上演哈罗德·劳埃德的喜剧片，一位年轻的美国女演员跑出来，令我不由想起往日的种种体验，于是心想，今后再也不看西方电影了。

十二月中旬一个星期天的早晨，我还在楼上睡觉（那时，画室里相当寒冷，我又搬到阁楼上去睡了），楼下传来窸窸窣窣的声响，好像有人。哎，怪了，大门明明是锁上的……我正在纳闷，紧接着传来了熟悉的脚步声，毫不忌惮地踩着楼梯上了楼。不容我惊讶，娜噢宓爽朗的一声“你好”，一下打开眼前的房门，出现在我的面前。

“你好。”她再次问候，表情木愣地看着我。

“来做什么？”我都懒得起身，平静、冷淡地问，心中在惊异，竟然还好意思厚着脸皮回来。

“我吗？……回来取行李。”

“来取行李可以，可是，你是从哪儿进来的?”

“从大门口呀……我有钥匙。”

“走的时候，把钥匙留下!”

“行，会还给你。”

之后，我翻转身去，背对着她。她就在我的枕边乒乒乓乓地整理了一阵子包袱，接着又传来了解开腰带的声音。定睛一看，她在房间的一角，而且是我的视线可以看到的地方，背朝着我在更换衣服。刚才她进屋时，我就注意到她身上的服装，那是一套我不曾看到过的铭仙绉绸服，或许是老穿在身上不换的缘故，衣领处已现污垢，膝盖外露，皱皱巴巴的。她解开腰带，脱下那件有点儿肮脏的铭仙服，身上只剩下一件同样脏兮兮的贴身针织长衬衣，随后拿起一件刚找到的金线绉绸长衬衫，轻轻地披到身上，她扭动着身躯，里面穿着的针织衬衫金蝉脱壳一般地滑落到榻榻米上。然后在外面再穿上一件钟爱的龟甲形花纹的大岛绸服装，用红白相间的方格花纹的伊达窄腰带使劲地系在小蛮腰上。我以为接下来她会再系上宽腰带，不想她冲着我转过身来，就地蹲下换起布袜子来。

她的光脚丫子对我最具诱惑力，我尽量不朝她的方向看，却依然忍不住悄悄瞟上几眼。娜噢宓当然对此有所意识，故意将自己的脚趾像鱼鳍一般地摆动着，也不时偷偷地打探着我的眼神。一切都换好后，她很快整理好脱下的衣物，说声“再见”，将包袱拖向房门口。

“喂，把你的钥匙留下!”这时，我开口了。

“哦，对了。”她从手提袋里取出钥匙。“那我放在这儿。不过，我一次拿不完，大概还会再来取一次。”

“不来也行，我会帮你打包送回浅草的。”

“别送浅草呀，那样对我不方便……”

“那往哪儿送呀？”

“往哪儿，我还没定呢……”

“这个月不来取，我就管不了了，全给你送去浅草……你不能老放在我这儿！”

“嗯，我马上就来拿。”

“我跟你讲清楚，请雇好车，一次拿走。还有，叫个人来拿，你自己别来！”

“是吗……好，就这样。”

随后她离去了。

我心想，这下总算可以安心了。可过了两三天，晚上九时许，我正在画室里读晚报，又传来“喀嗒”一声，又有人把钥匙插进锁眼在开门。

二十五

“谁?”

“是我呀。”

与此同时，门一下被打开了。一个庞大的黑熊般的物体从屋外的黑暗中一下子闯了进来，啪地脱去外面的黑衣，这回露出了狐仙般雪白的肩胛和臂膀，身上裹着的浅蓝色的法国绉绸连衣裙，是一位陌生的年轻西方女子。她丰腴的颈项上戴着彩虹般闪闪发亮的水晶项链，黑天鹅绒的帽子压低到遮住眼睛，只露出可怕的带有神秘感的白色的鼻尖和下颏，生动的朱唇十分扎眼。

“晚上好!”

那洋女郎打着招呼，取下帽子。“咦，这个女人是……”仔细打量一番后，才发现她就是娜噢宓。如此说来简直是不可思议，但是事实上她就是老这样判若两人地变幻无常。不，光是形象的改变还不至于让人看走眼，最能骗过我眼睛的还是她的容貌。不知她施了什么魔法，她那张脸从肤色、轮廓到眼神全都变了，要不是听到她的声音，就是她摘下帽子，或许我还会把她当作哪个不认识的洋妞呢。如前所说，她的肤色特别白皙，溢出衣服外的丰满的肉体全都白得像苹果的果肉。娜噢宓在日本女人中肤色不算黑，却也不会白到这种地步。眼前她两条露至肩膀的手臂，白得令人难以相信是日本人的。过去在帝国剧场观摩管乐伴奏的歌剧时，我曾经那么痴迷西方女演员那白净如玉的手臂，而现在娜噢宓的胳膊完全可以与之相媲美，不，简直是有过之而无不及。

娜噢宓微微晃动着浅蓝色柔软的衣服和颈项上的项链，穿着一双鞋尖镶有钻石的漆皮高跟鞋迈着小步缓缓走来——啊，我想起来了，这就是上次浜田对我提到的那双灰姑娘的皮鞋。她单手叉腰，臂肘外翘，洋洋得意地扭着腰肢，怪模怪样、毫无顾忌地来到目瞪口呆的我的跟前。

“让治呀，我来取行李了。”

“我不是告诉你不必自己来，派个人来就可以吗？”

“可没有人能让我差遣啊。”

说话间，娜噢宓的身体始终没有消停，她故意一本正经地板着脸，双脚一会儿并拢直立，一会儿一条腿向前迈出一小步，用脚跟敲击地板，随之变换手的位置，耸肩，像铁丝那样绷紧全身肌肉，运动神经活跃在身上的各个部位。我的视觉神经也随着她的动作紧张起来，她的一举手一投足，身上的任何动静都一点不漏地映入我的眼帘。我仔细打量她的脸，难怪她的容貌变得认不出来：她把额头的发际剪成二三寸长，一根根梳得齐齐整整，像中国姑娘的刘海那样门帘似的垂在额前。其余的头发拢成一扎，从头顶心圆圆平平地覆盖在耳朵上方，活像戴了一顶大神帽。这是过去从未梳过的发型，她的容貌变得判若两人一定是这发型变化之故。再定睛一看，她已将天生的又粗又浓的眉毛弄成现在这样细长、晕色的弧形，而细长眉毛的周边都刮得青乎乎的，一看就知道这是她精心修饰的结果，不过，令人费解的是，她不知用了什么魔法把眼睛、嘴唇和肌肤的色彩完全做了变更。眼珠酷似洋女人，大概是因为眉毛变化的缘故，但除此之外好像还运用了其他的手法。我觉得兴许是眼睑的睫毛部分有点儿秘密噱头，却无法判明她的手法。她的上唇中央像樱花花瓣似的断然裂成两半，那红色也不同于一般的口红，呈现一种栩栩如生的自然色。至于肌肤的冰清玉洁，怎么凝视也觉得有天生之感，毫无大施粉黛的痕迹，而且她的白皙并不仅仅局限在脸部，从肩胛、手臂到手指都一样，要是靠白粉，那就非涂满全身才行。我甚至觉得，眼前这个神秘莫测、妖艳可疑的女人，与其说是娜噢宓，毋宁说是经过她灵魂的某种作用而变成的一个既理想又美丽的幽灵。

“行吗？我上二楼取行李去了……”娜噢宓的幽灵说道。

不过，我觉得那声音的确是娜噢宓的，而非她的幽灵。

“嗯，行啊……行是行，可……”我明显有点儿慌乱，声调尖尖的，“……你，是怎么打开大门的？”

“怎么打开，用钥匙打开的啊。”

“钥匙，上次你不是已经留下了吗？”

“钥匙么，我配了好几把，不是只有一把。”

这时，她才首次咧开红唇露出微笑，带着一种风骚、嘲笑似的眼神。

“现在告诉你吧，同样的钥匙我配了不少，所以你收走一把，不碍事。”

“但是，你这样一次次跑来，我可受不了！”

“没关系的，只要我搬光了东西，你叫我来我也不会再来。”

她用鞋跟作支撑，一个旋转，咚咚咚地沿着阶梯，向阁楼的房间跑去。

……她在阁楼房内究竟呆了多久？我倚在画室的沙发靠背上，茫然地等待她下楼……这段时间是不足五分钟，还是半小时、一小时？……我不清楚这段时间的长短，今晚娜噢宓在我心目中的形象，就像听到美妙无比的音乐那样，使我久久地沉浸在恍恍惚惚的快感之中，这音乐宛若来自高远纯净的世外圣域的女高音，那儿既没有爱恋，也没有情欲……我心中感受到的是距离这些最最遥远的虚无缥缈的陶醉。我在反复思量：今晚的娜噢宓与那个肮脏的淫妇，那个被众多男人起了污秽龌龊绰号、等同于妓女的娜噢宓完全无法并立，对我这样的男人而言，今晚的她是最最高贵、值得憧憬的偶像，只有跪倒在她面前顶礼膜拜的份儿。倘若她那雪白的手指尖轻轻触碰我一下，我何止是欣喜若狂、简直是要浑身颤抖的。这种心情该如何形容才能使读者了解呢？——譬如一位乡下父亲来到东京，某日偶尔在街上遇到自幼离家的亲生闺女，然而，闺女已出落成都市高雅的妇人，看见寒伧的乡下农民也认不出那就是自己的生父。而父亲虽然认出闺女，却由于身份之别、云泥之差而不敢靠近她，只是想到这是自己的女儿而万分惊讶与羞愧，选择慌张、匆忙地逃遁。——此刻，我的心情就恰似那位父亲，既孤寂又庆幸。再譬如一个遭未婚妻抛弃的男子，过了五年或十年之后，某日在横滨的码头见到一艘商船到港，船上走下一大群归国的日本人。不料，他在人群中发现了曾经的未婚妻，虽然明白她是留洋回归，却不敢向她靠近。因为自己仍然是一成不变的一介穷书生，而对方身上早就没有了过去乡下姑娘的土气，成了过惯了巴黎、纽约奢华生活的时髦女人，两人之间已是天渊之别。——此刻我的心情又酷似当时的书生，既为被抛弃的自己的贫穷颓丧而自卑自惭，又为意外发现昔日女友的出息发迹而感到欣喜。——尽管我无法道尽自己的心意，却还是勉为其难地以这两个比方来加以说明。总之，以往的娜噢宓的肉体已经渗入了挥之不去的污点，纵使今夜的她那天使般雪白的肌肤上再也看不到那些污点，然而当时那些稍一回想就会感到恶心的行状，如今反而觉得神圣得无法触碰。——这难道是在梦境之中吗？倘若不是，那么这个娜噢宓究竟是从何处学到这种魔法、掌握这种妖术的？两三天前她身上还穿着那套脏兮兮的铭仙绸衣服呢……

咚咚咚，有力的下楼梯声音又传来，那双镶有人造钻石的皮鞋又在我眼前停下了脚步。

“让治啊，我过两三天再来。”

……她虽然站在我跟前，双方却保持着三尺的距离，她那吹入微风般轻盈的衣服下摆也不想触碰我一下……

“今晚我就拿了两三本书，我不可能一下子扛走那么大的行李，何况我还穿着这身衣服……”

这时，我嗅到一种似曾相识的气味，啊，这气味……让我想起大洋彼岸遥远国度奇妙的花园里的异国奇香……那是教授交谊舞的舒列姆斯卡娅伯爵夫人身上的……香味，娜噢宓用的是与她相同的香水。

不论娜噢宓说什么，我只是“嗯嗯”地点头应答。直到她的身影消失在夜色之中，我敏锐的嗅觉依然像在追寻幻影一般，追寻着飘逸在屋里的她那逐渐淡去消散的香味……

二十六

读者诸君，你们通过我前一章叙述的情节，大概可以设想到我和娜噢宓不久就要破镜重圆了——这种猜测没有任何的不可思议，是顺理成章的。事实上，结果也正像各位读者所想象的，然而没想到事情的进展却颇费周章，我又遭遇了不少的受骗上当，白费了许多吃力不讨好的努力。

自打那天晚上之后，我和娜噢宓很快又恢复了熟不拘礼的狎昵的对话关系，这是因为娜噢宓在第二天、第三天的夜晚，以后每天晚上没有一天不来取东西的。她一到就跑到二楼包好东西，不过那尽是些用小方绸巾包裹的小玩意儿。

“今晚你来取的是什么呀?”我问。

“你问这个吗? 没什么，都是些小东西。”她语焉不详地回答，“我很渴，能让我喝一杯茶吗?”

说着，就坐在我身边，聊上二三十分钟后再离去。

“你就住在这附近吗?”一天晚上，我俩隔桌而坐，喝着红茶我问。

“你为什么想打听这个?”

“问问也无妨吧。”

“不过，为什么要问呢？……了解后又作何打算呢？”

“没什么打算，只是出于好奇心而已。……嘿，住哪儿呀？对我说说又没事。”

“不，我不告诉你。”

“为什么？”

“我没有一点必须满足让治好奇心的义务，要想知道这些，可以跟踪我呀。当密探，让治最拿手了。”

“那倒不至于，不过，我想你一定住得离这儿不远。”

“欸，为什么呢？”

“你不是每天晚上都过来拿东西吗？”

“每晚都来不一定住得近，有电车，还有汽车。”

“那你还是特地从大老远跑来的咯？”

“这，怎么说呢……”说着，她岔开话头，巧妙地转移话题，“你是在说我每晚都来不好吗？”

“谈不上好不好……我不让你来，你还是毫无顾忌地闯来，如今我也拿你没法子……”

“说得对，我这人就是喜欢拧着干，你不让来我偏来……你是害怕我来吧？”

“嗯……是有点儿……”

于是，她仰起头，露出雪白的下颌，张大鲜红的嘴巴，突然咯咯地大笑起来。

“你不用怕，我也不会干什么坏事。我是想忘掉过去，今后只和让治交个朋友，一个普通的朋友，这总可以吧，不会有什么不便吧。”

“不过，这也有点儿怪怪的吧。”

“有什么可怪的？过去的夫妻成为朋友有什么可大惊小怪的！那才是老式的、落伍于时代的观念。……说句老实话，过去的事情我一点儿也不往心里去。就是现在，我要是想勾引让治的话，在这儿立马可以做到。我发誓不再做这种事。让治好不容易下定了决心，我再去动摇你，那也太过意不去了……”

“你觉得过意不去，出于对我的怜悯，才要与我交朋友吗？”

“我没有这种意思，只要让治能坚强起来，又怎么会让人怜悯呢？”

“可这真叫人不可思议。我正打算振作起来，再与你一交往，或许又会逐渐萎靡下去。”

“让治呀，你可真傻……这么说，你是不愿与我交朋友啰？”

“没错，是不愿意。”

“你不愿意，我就勾引你！……我要摧毁你的决心，整得你天翻地覆。”说着，她半开玩笑半认真地用一种奇怪的眼神嗤笑起来。“你是要作为朋友平淡交往，还是要遭到诱惑再吃苦头，你作何选择？……今晚我就要逼迫你。”

当时我在想，这个女人究竟出于何种动机才想与我交朋友的，她每天晚上前来造访，并不只是单纯为了对我调侃嘲弄，一定还有其他什么企图。莫非她是想先和我交上朋友，然后再渐渐笼络我，在自己绝不认错的情形下又和我恢复夫妻关系？如果这就是她的真正目的，那么其实完全不必玩弄如此复杂的把戏，我也会轻而易举地答应的。这是因为我的内心深处不知不觉之中早已如火如荼地燃起难以压抑的欲求，对于再能与她成为夫妻，我绝不会加以拒绝。

我觉得到恰到好处之时，可以主动提出："娜噢宓呀，做一般朋友没什么意思，要是这样，还不如像过去那样做真正的夫妻吧。"可是，看今晚娜噢宓的模样，就是我认真地敞开心扉，她也不会轻易应允的。

倘若她已经看穿了我的心思，或许会更加得意忘形地挖苦我："免开尊口吧，我只能与你做普通朋友。"

她若是如此对待我这番由衷的心迹，那我就是在自取其辱了。而且更为重要的是，要是娜噢宓的真意并非要与我结成夫妻，而是为了保持自己彻底的自由者的立场，意欲更好地玩弄各式男人，而且也更好地摆布我的话，我就更不能随便说这句话。再说，她到现在也没明确说出住址，令人不得不猜想还有其他交往的男人，稀里糊涂地就此再次结合，将又会自食其恶果的。

经过瞬间的思考，我也冷冷地笑答："那我们就做一般朋友吧，我也受不了你的胁迫。"我的如意算盘是：先与她交往，就会逐渐搞清她的真意，如果发现她身上还存有一点续缘的诚意，我才说明我的心意，这样既有说服她破镜重圆的机会，又能赢得比现在更为有利的条件。

"这么说，你是答应了？"娜噢宓快乐地瞅着我的脸说，"可让治啊，只是普通朋友哦。"

"哎，那当然。"

"大家都不要去想那些下流的事哟。"

"明白……不然我也不好办呀！"

"哼。"她照例以鼻子冷笑一声。

这次交谈之后，她来我的住处变得更加频繁，傍晚下班后刚到家，随着一声“让治”的叫声，她像燕子一样飞了进来，“今晚请我吃晚饭吧？既然是朋友，请吃一顿饭总还可以吧。”

于是，我请她吃西餐，饱餐一顿后她才回去。

一个雨天的夜晚，冷不防她又来敲我寝室的房门。“你好！已经睡了吗？……已经睡下就别起了，我打算今天到这儿住一晚。”

她自说自话地跑进隔壁房间铺床睡下，有时我早晨起来，看到她也住了进来，还在呼呼大睡，而且还动辄以“谁叫我们是朋友关系嘛”作托词。

每当这时，我会深深感到她就是一个天生的荡妇。这样说的理由在于，她原本就是一个水性杨花的女人，可以满不在乎地在众多男性面前展露肌肤，同时她又知道平时必须将肉体隐藏起来，哪怕是极小的部分，也不能随便让男人窥见。自己这可向任何人公开的肉体，平时则需严加遮掩。——我的看法是，这的确是淫妇本能保护自己的心理，因为淫妇的肉体是她最最宝贵的“卖点”，是一种“商品”，有时甚至比贞操更加需要严加保护。如若不然，“卖点”就会大打折扣。娜嗅宓熟谙其中的奥秘，在我这个前夫面前，把自己的身体包裹得更加严密。然而，她是否严谨缜密到无懈可击的地步呢？其实不然，有时她故意在我在场时换衣服，装作一不小心让衬衣滑落下去，“啊哟”一声，双手合抱裸露的肩胛逃进隔壁屋里；有时则冲淋完毕后，坐在镜台前半脱下衣服，仿佛才发现我在场似的驱赶我：“哟，让治，你可不能待在这儿，到那边去！”

如此不经意间，我不时能看到娜嗅宓肌肤的一小部分，譬如颈项周边、手肘、小腿肚子、脚后跟，虽然只是极小的一个局部，却发现她的身体比以前更加光泽艳丽，美得令人无比歆羡。我只能在自己想象的世界里剥光她全身的衣物，尽情地欣赏她身体的曲线。

“让治，你那么起劲地在看什么呀?”她有时会背朝着我边换衣服边问。

“看你的身材啊，好像比过去更鲜嫩水灵了。”

“哟，真讨厌！……女人的身子怎么能随意窥视呢?”

“没有偷看啊，你穿着衣服也能大致知晓。你的屁股本来就不小，近来好像更丰满喽。”

“是的，屁股越来越大，成了肥臀。不过，我的双腿依然颀长，可不是萝卜腿哟。”

“嗯，你的双腿从小就长得笔直，直立时能够并拢不见缝隙，现在还是没变吧?”

“对，还是那样的。”说着，她用和服把身体裹住，笔直站立。“瞧，能并拢的吧?”

这时，我的脑海里浮现出某张照片上曾经看到的罗丹的雕刻作品。

“让治，你想看看我的身体吗?”

“我想看你让看吗?”

“那可不行，我和你不是普通朋友吗? 所以，我换好衣服之前，请你到那边去。”

她砰的一声使劲关上了房门，像在我的背上狠狠揍了一下。

娜噢宓就是这样总在煽动挑逗着我的情欲，将我勾引到一触即发的地步，然后在前方又设下极为坚固的关隘，不让我越雷池半步。我与娜噢宓之间就像立有一块玻璃幕墙，无论怎么接近，那最后一点距离最终不可逾越。倘若冒冒失失地出手，必然会撞上这堵幕墙，再急不可耐也不可能触碰她。有的时候娜噢宓好像已经拆除了幕墙，自己满心认定“是时候了”，可走近一看，幕墙依旧原封不动地矗立着。

“让治啊，你可真是个好孩子，我赏你一个吻吧。”

她经常半开玩笑地说。明明知道她是在调侃我，可是当她的嘴唇凑过来时，我正准备吸吮它的时候，她的嘴唇又间不容发地逃走，在二三寸开外的地方对着我的嘴吹气。

“这就是普通朋友的接吻。”说着，她狡黠地笑了。

这一“朋友的接吻”成了一种奇特的打招呼方式——男方无法触碰女方的嘴唇，只能满足于吸进她呼出的气息——它成了之后我俩之间的习惯。“再见，我还会来的。”道别之时，她朝我噘起嘴唇，我把脸凑过去，活像打开吸入器阀门那样张开嘴，她就朝我的嘴里呼地吹进一口气。我闭上眼睛，将她的气息深深地吸入，有滋有味地咽下后藏入心底。她呵出的气体温暖湿润，发出甜蜜的花香，使人觉得那不是来自人的肺部。——她说，为了迷惑我，她悄悄地在自己的嘴唇上抹过香水，当然这套把戏当时我并不知道，只是后来才听说的。——我不止一次地想过，女人一旦变成她那样的妖妇，就会连五脏六腑也变得与他人不同，因此，从她的体内通过其口腔呼出的气息，才会具有如此娇艳风骚的香味。

就这样，我的头脑渐渐变得迷惑烦乱，任由她随心所欲地摆布折腾。现在我再也没说什么“我们必须正式结婚”“我可不想被你当作掌中玩物”之类话语的余裕了。说句老实话，打一开始起我就知道现在的结局，如果真是害怕她的诱惑，拒绝与之交往就行，什么“为了了解她的真意”“为了寻找对己有利的机会”云云，全都是些自欺欺人的口实而已。我一边说她的引诱叫人害怕，可内心深处却期盼着她的诱惑。然而，她却始终在玩弄那套无聊的“普通朋友”的游戏，绝不提高勾引的力度。恐怕这就是她使我焦虑的阴谋，等到我急火攻心，再也按捺不住时，她判定“是火候了”，才突然撕下“普通朋友”的假面，洋洋得意地伸出恶魔之手，她肯定会对我下手的，不动手她是决不会善罢甘休的。而我呢，唯有将计就计，让我向东绝不朝西，让干啥就干啥，唯命是听，最后才能有斩获。每天每日，我都在窥测动静、打探变化，我的预想看来却始终无法顺利实现。我觉得今天她会撕下面具了，明天会伸出魔爪了，然而，每次在千钧一发之际，她都巧妙地逃脱了。

如此一来，我可真的猴急了，几乎要嚷嚷起来：“已经等得急不可耐了，要勾引的话，就快点儿来吧！”我主动暴露自己的种种缺点，展现身体的破绽，恨不得反过来赤膊上阵地去勾引她。可是她依然不为所动，以规诫小孩那样的眼神呵斥道：“让治，你要干什么？这样不违背了我们的约定么？”

“什么约定不约定的，我已经……”

“不，不行！我们只是普通朋友关系！”

“行啦，娜噢宓……别这么说，算我求求你……”

“嗨，你真缠人！我说不行就不行！……好，给你一个吻算是补偿吧。”

接着，她照例“呼”地吹了一口气。“这下行了吧？你不克制一点可不行！我这么做已经超越了普通朋友的界限，是对让治你特别的优待。”

然而，她这种“特别”的爱抚手段反而具有一种刺激我神经紊乱的力量，根本不能让我安静下来。

“妈的，今天又不行了！”我越发焦躁起来。

她一阵轻风似的离去后，我一时无事可干，自己生起自己的闷气来，像一头关在栏中的猛兽，在笼中来回转悠，拿屋里的东西出气，见啥摔啥，砸它一个稀巴烂。

这种类似精神病患者的男人的歇斯底里症困扰着我，娜噢宓每天都来，所以我的发作必定每天都有一次，再说我的发作还不同于一般的歇斯底里，发作过后完全没有一身轻松的感觉，平静下来后，反倒会比先前更加明了，更加执着地想起娜噢宓身体的细部，她在换衣服时从衣物下摆处偶尔一现的脚部，吹气时向我凑近到二三寸处的朱唇，都比现场目睹时更加鲜明地浮现在眼前。奇妙的是，她那嘴唇和脚部的曲线使得我的想象力展开了翅膀，竟使她原先不外露的肉体部分也好似底片显影那样逐渐显现出来，最终在我心灵的暗处忽然耸立起一座类似全大理石的维纳斯雕像。我的脑海成了用天鹅绒帷幕围起的舞台，上场的只有一位名叫“娜噢宓”的演员，从四面八方照射过来的强烈的舞台照明的光柱包裹住黑暗中摇曳着的她的雪白的身体。我目不转睛地盯着她，只见在她身上燃烧的光亮越来越耀眼，有时甚至会烧灼到我的眉毛。如同电影中的“大特写”，身体的部位被放大到细致入微的地步……这一幻想带着实感刺激着我的官能，如身临其境，唯一的欠缺就是无法伸手触摸，其他感受均在实物之上。由于过分全神贯注，之后我居然晕晕乎乎起来，全身的血液直冲脑门，心跳自然加剧，于是，我的歇斯底里再次发作，踢翻椅子，扯下窗帘，砸烂花瓶……

我的妄想日益狂暴起来，只要一闭上眼睛，眼睑内的暗处就会出现娜噢宓，我常常想起她身上的芳香气息，对着天空张开嘴来，大口吸进周边的空气；在路上行走时，在屋里蛰居时，只要一想到她的嘴唇，我会突然仰天哈哈地吸入空气。我的眼中到处是她通红的嘴唇，觉得周边的空气全是她呼出的气息。也就是说，娜噢宓就是一个恶魔，她充斥在天地之间，包围着我，折磨着我，倾听我痛苦的呻吟，讪笑似的紧盯着我。

一天晚上，娜噢宓跑来对我说："让治啊，近来你变得怪怪的，怎么回事儿啊?"

"怎么回事儿，还不是为了你在焦思苦虑呀……"

"哼……"

"你哼什么哼?"

"我是严格遵照我们间的约定。"

"你打算恪守到什么时候?"

"永远。"

"别胡扯了，再这样下去，我都渐渐要疯了。"

"那我教你个好办法，用自来水浇浇头就行。"

"喂，你真想……"

"又来了。你只要露出这种眼神，我就更想捉弄你！你别那么靠近我，离我远点！别动我一根指头！"

"真没治。给个朋友的吻吧。"

"你老老实实的，我就给。不过，之后你不会发疯吧?"

"疯就疯吧，我已经顾不了那么多了。"

二十七

当天晚上，娜嗅宓让我与她隔桌而坐，这样我就连“一根指头”也碰不着她了。她饶有兴致地望着焦虑不安的我，一直闲聊到深夜。

到了十二点，她又以嘲弄的口吻说：“让治啊，今夜我又得住这儿喽。”

“哎，住吧。明天是礼拜天，我整天在家。”

“不过，我有言在先，不能因为我住下，就答应你的任何要求。”

“不，你多虑了。你也不是什么要求都肯答应的女人。”

“要是都听你的，你会觉得挺方便吧。”说着，她吃吃地笑起来，“你先去睡吧，可别说梦话哦。”

她将我赶上阁楼，然后到隔壁房间，咔嚓一声将房门锁上。

我当然不会马上入睡，注意倾听着隔壁的动静。以前，我们夫妻关系的存续期间哪有这种傻事儿，我睡觉时，她一准躺在我身边，想到这里，我感到极其窝心。隔了一堵墙的房间里，娜嗅宓不停在地板上发出乒零乓啷的声响——兴许那是她故意的——铺好床铺，拿出枕头，做着睡觉前的准备。我可以了如指掌地辨明：啊，她在解开头发，脱下衣服，换上了睡衣，然后掀开了棉被，然后扑通一声倒在棉被上。

“怎么闹出这么大动静?”我半是自言自语、半是说给她听的。

“还没睡啊？你睡不着吗?”娜嗅宓在隔壁立即回应。

“啊，怎么也睡不着……我想到许许多多的事儿。”

“呵呵呵，让治想的那些事儿，我不问也大致知道。”

“真是奇怪，此刻你睡在隔壁房间，可我却在一筹莫展……”

“一点儿也不奇怪。很早以前就是这样的，我第一次到让治家的时候……那时不就是像今晚这样睡的吗?”

听她这么一说，我心头一阵发热，想起来过去的确有过那个时期，当时大家都很纯真。然而，这丝毫没能平复我的情欲，反而使我觉得联结我俩的因缘是何等的深厚，无比迫切地感受到自己终究离不开她。

“那时，你可是个天真无邪的姑娘。”

“今天也一样天真无邪啊。要说有邪气，那是让治你呀!”

“你爱怎么说就怎么说，我打算追你追到底!”

“呵呵呵。”

“喂!”我咚地敲打墙壁。

“哟，要干什么呀？这里可不是郊外的独栋房，请保持安静!”

“这墙壁太碍事，想把它砸掉。”

“真吵闹，今夜老鼠要暴动了!”

“当然要暴动！这老鼠得了歇斯底里症。”

“我讨厌这种老硕鼠!”

“开什么玩笑！我老吗？这不刚到三十二嘛。”

“我才十九岁呀。在十九岁的人的眼中，三十二岁不就是个老爷子么？丑话少说，我劝你还是另娶一个夫人，那样，你歇斯底里的毛病就会痊愈。”

不管我说什么，最后，娜噢宓总是呵呵地笑。过了一会儿，她说：“我要睡了。”接着传来呼噜噜假打鼾的声音，不过，没多久，她就真的睡着了。

次日早晨，我睁开眼睛，见娜噢宓身穿邋邋遢遢的睡衣坐在我的枕边。

“怎么样？让治，昨夜你闹得很凶呀。”

“嗯，近来我不时会像那样歇斯底里发作，你害怕吗？”

“挺有趣的，我还想再看你发作一次。”

“已经好啦，今天早晨完全正常……啊，今天好天气哪。”

“好天气就起床吧！已经十点多了，我一小时之前就起来了，洗了个澡。”

听她这么一说，我就躺着观赏她刚出浴的身姿，所谓女人的“浴后姿容”的真正美艳，并不在刚洗完之时，倒是在过了十五分钟或二十分钟后效果更好。无论肌肤多么美丽的女人，一经浴池浸泡，手指等部位都会膨胀发红，而浴后经过一段时间的冷却，肌肤才会如凝固的白蜡一样变得透明。现在娜噢宓刚洗完澡回来，经户外的冷风吹拂，真是浴后姿容风韵绝佳的时刻，她那细腻娇嫩的肌肤洁白如凝脂，还带着湿润的水蒸气，浴衣衣领下隐匿的丰胸，呈现出水彩画颜料中的那种紫色的阴影，面部晶莹光润，仿佛贴有一张明胶面膜一般亮滑，唯有眉毛上的水分犹存，显得湿漉漉的，冬日一碧如洗的晴空透过窗户将青色衬映在她的身上。

“怎么回事，大清早就去洗澡。”

“怎么回事，与你有何相干……啊，真是太舒服了。”

她用手掌啪嗒啪嗒轻轻拍打鼻子的两侧，然后一下子把脸伸到我的眼前。

“嗨，你好好看看，我长了胡子吗？”

“啊，真长着呢！”

“我顺便去理发店刮刮胡子，可以吗？”

“……可是你过去不是很讨厌刮胡子吗？还说什么西方女人决不会刮脸的……”

“可近来美国流行刮脸呀。哎，你看看我的眉毛，美国女人的眉毛就剃成我这样的。”

“哈哈，原来如此。你的脸型近来有所变化，连眉毛都刮成这样，形状都变了，难怪呢！”

“哎，就是嘛。到现在才发现，够落伍的。”

说着，娜噢宓摆出一副若有所思的样子，忽然问道：

“让治，你的歇斯底里症真好了吗？”

“嗯，好啦。怎么啦？”

“你好了，我可有事要求你……现在我懒得去理发店，你帮我刮刮脸，怎么样？”

“让我干这事，你是想让我的歇斯底里症再发作吗？”

“哪能啊，人家是正经求你，做这点好事还是可以的吧。不过，你要是真的发作起来，让我受伤的话，那可不得了。”

“我把安全剃刀借给你，你自己刮不就成了！”

“那可不成，光刮脸还行，这脖子周边，一直要刮到肩胛下方呢。”

“咦，为什么要刮到那儿?”

“需要的，穿晚礼服时，整个肩胛会全露出来的……”说着，她还故意露出一点肩胛的部分，“瞧，必须要刮到这儿！自己怎么刮呀?”

接着，她又慌忙赶紧把肩膀藏进衣服，虽然这是娜噢宓的惯用伎俩，对我而言却是难于抵御的诱惑。她这家伙，哪儿是想什么刮脸，甚至早晨洗澡也不过是她玩弄我的一个花招而已。——尽管我明白这一点，然而能为她剃毛毕竟是我前所未遇的新的挑战，只有此时才能够更接近她从而细细观察她的肌肤，也有了触摸她肌肤的可能。想到这一切的我，完全丧失了拒绝她的勇气。

我用煤气炉为她烧开水，然后倒入脸盆中，换好美国吉列剃刀的新刀片，就在我做着各种准备的时候，娜噢宓把桌子搬到床边，上面立一块小镜子，分开两腿，一屁股坐在凳子上，然后用一块白色的大毛巾围在衣领周边。可是，就在我绕到她身后，将科尔盖特牌肥皂棒浸上水，即将开始刮的时候，她说：

“让治，你帮我刮毛可以，但我有一个条件。”

“条件?”

“是的。但并不是什么难事儿。”

“什么事?”

“你可别借着刮毛的机会，手指到处乱捏，帮我刮的时候，手指不要碰到我的肌肤。”

“可，你……”

“什么可不可的。不碰不是也可以刮么。用肥皂泡刷涂液，再用吉列剃刀刮……到理发店去高手师傅都能做到的。”

“把我当作理发师傅对待，我可受不了。”

“少说大话，其实你内心想让我请你刮呢！……要是你不愿意，我也不会强人所难的！”

“不是不愿意，别再说了，给你刮就是。好不容易准备工作都做好了。”

我凝视着娜噢宓外露的后颈上长长的发际，无可奈何地说。

“那么就按我说的条件办？”

“嗯，好的。”

“绝对不准触碰！”

“嗯，不碰。”

“要是碰到，我会立刻让你停止。把你的左手放在膝盖上。”

我一切照办，只用右手从她的嘴边刮起。

她的眼睛紧盯着镜子，陶然沉醉在剃刀刀刃刮蹭肌肤的快感之中，老老实实地任由我操作。她睡着似的均匀的呼吸声传入我的耳朵，我看到她的下颌下的颈动脉在微微地跳动。我的脸与她异常接近，她的眼睫毛几乎要敲到我的脸。窗外的空气十分干燥，在早晨明朗的阳光照射下，她的每一个毛孔都历历可数。我从未在如此明亮的地方如此精细地凝视自己所爱的女人的五官。通过细细的端详，娜噢宓的美貌巨人般伟大，裹挟着深厚的容量朝我冲击而来，大而幽深的眼睛，像漂亮的建筑物那样挺拔峻峭的鼻子，连接鼻子到嘴唇棱角突兀的线条，直下方丰腴鲜明的红唇，啊，这就是叫做“娜噢宓容颜”的神妙的物体么？这一物体就是令我着魔烦恼的根源么？……如此想来真叫人感到不可思议，我不由拿起刷子在这个物体上拼命涂抹，上面聚起很多的肥皂泡沫，可是，不管我怎么搅动刷子，这物体始终顺从、宁静，只是富有弹性地微微颤动着……

……我手上的剃刀如同一只银色的小虫在她柔滑的肌肤上缓缓往下爬行，从后颈项滑下肩胛。映入我眼帘的她那丰满、健硕的脊背，雪白如牛乳。平日里她能够看到自己的容颜，可是否知道自己的脊背也是如此之美呢？或许娜噢宓未必知道。最了解这一切的还是我，我曾经每天用热水帮她冲洗脊背，那时搓起的肥皂泡沫也和现在一样多……那可是我曾经的爱恋。我的手、我的指，就曾在这样凄艳的白雪上嬉戏，在这脊背上自由自在、其乐无穷地起舞，那时的痕迹兴许今天依旧残留着呢……

“让治呀，你的手在发抖啊，更加用心一点……”

娜噢宓冷不防地发声。我脑袋生疼，口干舌燥，自己也知道身体莫名其妙地颤抖起来。我不由得一惊，感到神经不再正常，于是拼命地加以克制，突然只觉得脸上忽冷忽热起来。

然而，娜噢宓的“任性”并不就此而止，刮完肩头的体毛后，她挽起衣袖，高高地抬起臂肘说：“现在刮腋下吧。”

“哎，刮腋下？”

“对，没错……穿洋服就得刮净腋下，否则是很不礼貌的。”

“你太会恶作剧了！”

“怎么恶作剧，你真是个怪人……我觉得有点儿冷了，快点吧。”

刹那间，我扔掉剃刀扑向她的臂肘——与其说是扑向，毋宁说是咬向——娜噢宓像是早有预料似的，立刻翘起臂肘把我顶了回去，这时，我的手指大概已经触碰到她，因肥皂水的作用，哧溜一滑。她再一次用力把我推向墙壁，紧接着尖声高叫着“你要干什么!”然后站立起来。

定睛一看，她的脸色——不是玩笑话——白得吓人——我想，自己的脸色也一定是铁青的。

“娜噢宓，娜噢宓！你别再捉弄我了，好吗？我一切都听你的。”

我浑然不知自己当场说了些什么，只是急躁不安、语速飞快、活像发高烧者梦呓一般地絮叨。娜噢宓则僵直地站立着，一声不响、目瞪口呆地注视着我。

我冲向她的脚边，跪下说：“哎，你为什么不做声？你说呀！不同意的话你就杀了我!”

“神经病!”

“神经病不好吗?”

“谁愿意搭理你这样的疯子。”

“那你就把我当马骑吧，就像以前那样骑在我身上。其他实在不愿意，只要把我当马就行!”

说着，我四肢落地地趴下。

一瞬之间，娜噢宓以为我真的疯了，她的脸青得发黑，死死盯着我的眼睛里有一种近乎于恐怖的神色。然而，转瞬之间，她猛然露出大胆无畏的神情，腾地重重地骑到我的背上，以男人的口吻说：“嗨，这样行吗?”

“嗯，行!”

“今后我说什么你都听吗?”

“嗯，听!”

“我所需要的，多少钱你也肯出吗?”

“出!”

“我爱干的事，保证不一一干涉么?”

“不干涉!”

“不能叫我‘娜噢宓’，要称‘娜噢宓小姐’，行吗?”

“行!”

“保证做到?”

“保证。”

“那好，我不把你当作马，当人对待。你也怪可怜的……”

接下去，我和娜噢宓嬉闹得浑身上下布满了肥皂泡……

“我俩总算又成了夫妻，今后我再也不让你逃走了!”我说。

“我离开你，你就那么难受吗?”

“啊，那当然。有一阵子我真的以为你不会再回来了。”

“怎么样，知道我的厉害了吧?”

“知道，太明白了!”

“那么，刚才说过的话别忘记，让我随心所欲地行事。……哪怕做夫妻，我也讨厌那种互相监管的关系。要不然，我又会出走的!”

“以后，‘娜噢宓小姐’和‘让治先生’又可以一起过日子啦。”

“可以常常让我去跳舞吗?”

“嗯。”

“我可以与各种朋友交往吗?你不会再像过去那样责备我吗?”

“嗯。”

“不过，我已经和阿熊绝交了……”

“哎，你和阿熊绝交了？”

“是的，那种人简直不是玩意儿。……今后我尽量多和洋人交往，他们比日本人有趣。”

“是横滨那个叫马卡涅尔的洋人吗？”

“我有许多洋人朋友。即便是那个马卡涅尔，也没有什么可大惊小怪的。”

“哼，怎么说呢……”

“我说你，可不兴那样怀疑他！我这么说了，你就得相信！行吗？得，你是信，还是不信？”

“信！”

“我还有其他的要求呢……你辞掉公司的工作后作何打算？”

“被你甩掉之后，我原想回乡下去。不过，现在这样子，就无法回乡了。我想整理好乡下的财产，变现后取出来。”

“变现后大概有多少？”

“这个嘛，大概能拿出二三十万圆吧。”

“就这么一点儿？”

“有那么多，还不够我俩花吗？”

“够奢侈地享用吗？”

“奢侈享用可不行！——你可以去享乐，我打算开一间事务所，独立奋斗一番。”

“你可不要把钱都砸进你的事业里，得把让我享用的那部分钱分出来，好么？”

“啊，行哪。”

“那好，先分出一半给我吧。有三十万圆就分十五万，有二十万圆就分我十万……”

“你倒是算得精细啊。”

“那当然，还是得一开始就谈妥条件！——怎么样？同意吗？开这样的条件，你是否就不想娶我做太太了？”

“我没说不想啊……”

“不愿意就直说，现在说还来得及。”

“我不是说没问题么……我同意……”

“还有啦……既然如此，这儿就没法住了，请搬到一个更气派、更洋气的房子去住。”

“那当然。”

“我想住到洋人的街区去，住西式房子，要有漂亮的卧室和餐厅，雇上厨师和用人……”

“东京有那样的房子吗？”

“东京没有的话，横滨有。横滨的山手有一处可供出租的房子空着，我上次去看过了。”

我这才知道娜嗅宓的老谋深算，其实从一开始起她就精心策划、暗设陷阱，并成功地引诱我上钩。

二十八

接下来我将叙述的是三四年之后的事情。

后来我们迁居到横滨，搬到娜噢宓早就看中的山手的那幢洋房去住。不过，因为她养成了穷奢极欲的恶习，这个住处也显得越来越狭窄局促，没过多久，我们又连同家具一起，买下了位于本牧的一户瑞士人曾经居住的房子，搬了过去。在那场大地震中，山手那边的房子被焚烧殆尽，而本牧这边大都幸免，我家的房子也只是墙壁开裂，没受到什么大的损害，真可谓上上之万幸。所以，我们直到现在还住在那幢房子里。

我按原计划辞掉了大井町公司的工作，整好老家的财产，与学生时代的两三个同窗开了一家制作销售电气机械的合资公司，这家公司我是最大的出资者，而实际上都由朋友们在运作，因此我不必每天去公司上班。然而，不知何故，我整天呆在家里也不招娜噢宓待见，只能每天颇不情愿地到公司去转上一圈。一般上午十一点我从横滨到东京，正午十二点到达京桥的事务所露个脸，大约下午四点时回家。

以前我是个十分勤奋的人，起得很早，可近来不到九点半或十点不起床。起床后，我穿着睡衣蹑手蹑脚地跑到娜嗅宓的房间前轻轻敲门。可是娜噢宓比我还要能睡，这时候还在似睡非睡之间，有时她会“哼”的一声算是迷糊的回答，有时睡得很死，没有回应。有动静时我进屋打招呼，没有回答我就退回，去事务所上班。

不知打何时起，我们夫妇开始在各自的房间分房睡觉，说起来，这也是娜噢宓的提议。她说，女人的闺房是神圣之地，丈夫亦不可胡乱侵犯。她自己先占了大房间，把隔壁那个小房间分给我住，虽然相邻，可两个房间并不是紧挨在一起的，中间还夹着一个夫妇专用的浴室和厕所，从这个房间到那个房间，必须通过这中间地带。

娜噢宓每天在床上恍惚迷糊，似醒非睡，时而抽烟，时而读报，一直赖到十一点过后。香烟抽迪米特里诺牌的细长卷烟，报纸读的是东京的《都新闻》，外加传统和流行的服装杂志。其实她也不是阅读，只是看里面的照片——主要是西服款式设计及流行状况——一张张地仔细观赏。她的房间东和南两侧有窗，阳台的下方就是本牧的大海，清晨起就很亮堂。娜噢宓的房间相当宽敞，按日本式建筑计算，那房间足有二十铺席大。她的大床放置在房间的中央，且并非一般廉价的床铺，而是东京某使馆出售的。上方带有华盖罩顶，边上垂着白纱帷帐。自从购进这张床后，可能娜噢宓睡得特别舒心，比以前恋床更甚了。

洗脸之前，她会在床上喝红茶和牛奶，这时，女佣准备好洗澡水。她起床后先去洗澡，洗完后再躺在床上接受按摩，随后梳头、修磨指甲。常言道“兵器有七种”，而她呢，各种化妆品及器具何止几十种，她用这些“兵器”在脸蛋上涂来抹去，不停地鼓捣摆弄。服装的选择也是挑肥拣瘦、游移不定，等一切打扮停当来到餐厅时，大概已经是下午一点半了。

吃过午饭到晚上的时间段，她无所事事。晚上或应邀出客，或邀人做客，再不就是上饭店去跳舞，总有活动。这时，她会再一次化妆，重换衣服。要是碰上西式的晚间聚会，那就更了不得，到浴室让女佣帮忙，将全身扑满白粉。

娜噢宓的交友也时常变化，浜田和熊谷打那之后就再没来过，有一段时间她很中意马卡涅尔，过了一阵，又有一位名叫杜根的男人取代了他，接着又交了一位叫尤斯塔斯的朋友。这个尤斯塔斯是比马卡涅尔更让人生气的家伙，在向娜噢宓献殷勤上很有一手。有一次，气得按捺不住的我在舞会上当场揍了他一顿。于是引起轩然大波，娜噢宓袒护尤斯塔斯，骂我是“疯子”，于是我更加狂暴起来，把他追打得满场乱窜。大伙儿抱住我，大叫“乔治，乔治”——我的名字叫让治，可洋人以“George”来称呼我，就变成了乔治。——这次事件之后，尤斯塔斯不再上门，与此同时，娜噢宓又开出新的条件，我只能再次应允。

尤斯塔斯之后，理所当然地又出现了第二、第三个尤斯塔斯，如今，我变得相当老实温顺，连我自己都感到不可思议。人么，只要经历过一次恐惧，就会产生一种强迫的意念，永远残留在脑中。我至今无法忘却被娜噢宓抛弃时的苦痛体验，“你知道我的厉害了吧”，这句话至今缠绕在我的耳际。我早就知道她的水性杨花与恣睢任性，要是灭掉她的这个缺点，她就失去了其存在的价值。我觉得她越是放荡淫乱、越是恣肆妄为就越是可爱，从而陷进她的圈套。所以，我明白了一个道理：越恼怒自己就越吃亏。

人一旦失却自信便无可救药。眼下，我的英语已远远及不上她，通过实地的交往操练，她的语言能力自然会得到提高。每当我在西式聚会上听到她用英语向绅士、夫人们撒娇示好，流利异常地高谈阔论时，才知道她的发音原本就很出色，很有洋味儿，不少地方我还听不懂。她还会不时学着洋人的样子管我叫“乔治”。

有关我们夫妇的记录到此为止。读者如果觉得无聊荒谬，那就嘲笑我们吧；如果觉得是个教训，就引以为戒、以儆效尤吧。我本人因为迷恋娜噢宓，所以无论别人怎么想，我都无所谓。

今年娜噢宓二十三岁，我三十六岁。

图书在版编目(CIP)数据

痴人之爱/(日)谷崎润一郎著;谭晶华译.
—上海:上海译文出版社,2017.4(2023.5 重印)
(谷崎润一郎作品系列)
ISBN 978-7-5327-7410-4

Ⅰ.①痴… Ⅱ.①谷… ②谭… Ⅲ.①长篇小说—日本—现代
Ⅳ.①I313.45

中国版本图书馆 CIP 数据核字(2016)第 313485 号

谷崎潤一郎
痴人の愛

痴人之爱
痴人の愛

[日] 谷崎润一郎 著
谭晶华 译

出版统筹 赵武平
责任编辑 刘 玮
装帧设计 柴昊洲

上海译文出版社有限公司出版、发行
网址:www.yiwen.com.cn
201101 上海市闵行区号景路159弄B座
上海信老印刷厂印刷

开本 890×1240 1/32 印张 7.5 插页 2 字数 118,000
2017 年 4 月第 1 版 2023 年 5 月第 4 次印刷

ISBN 978-7-5327-7410-4/I·4517
定价:36.00 元